獻給天上的父母，
還有選擇了快樂的每一個您。

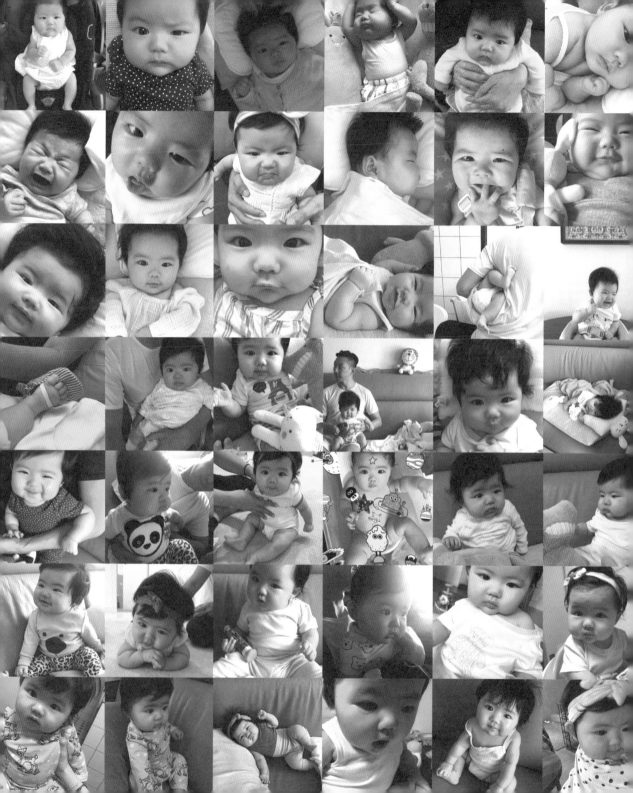

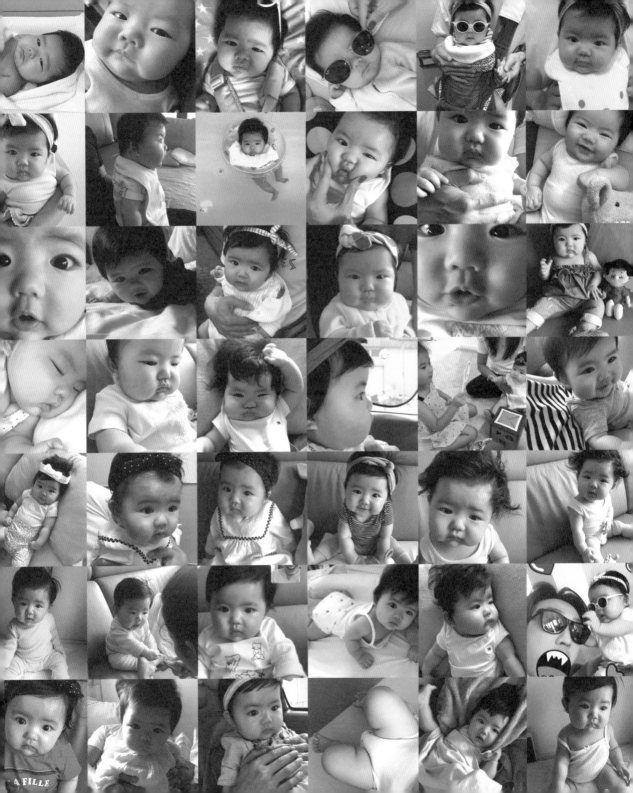

Camera1

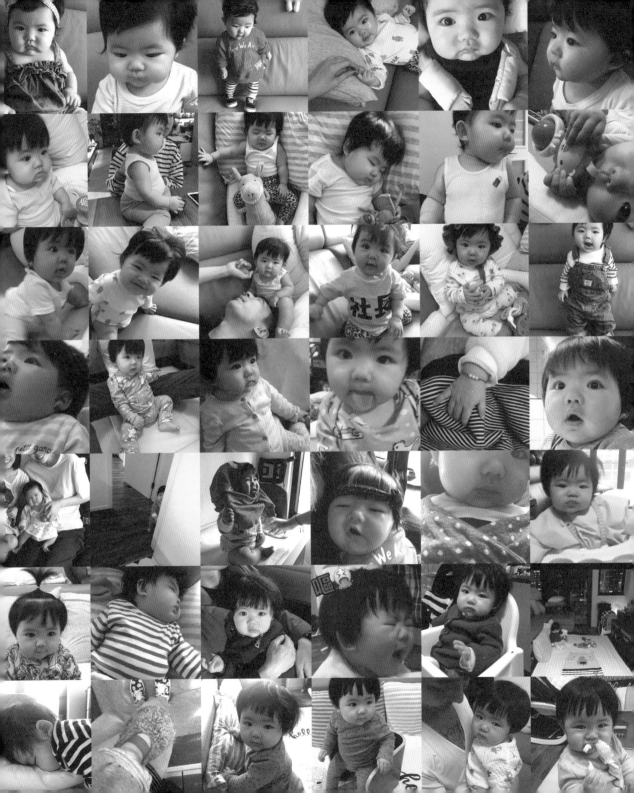

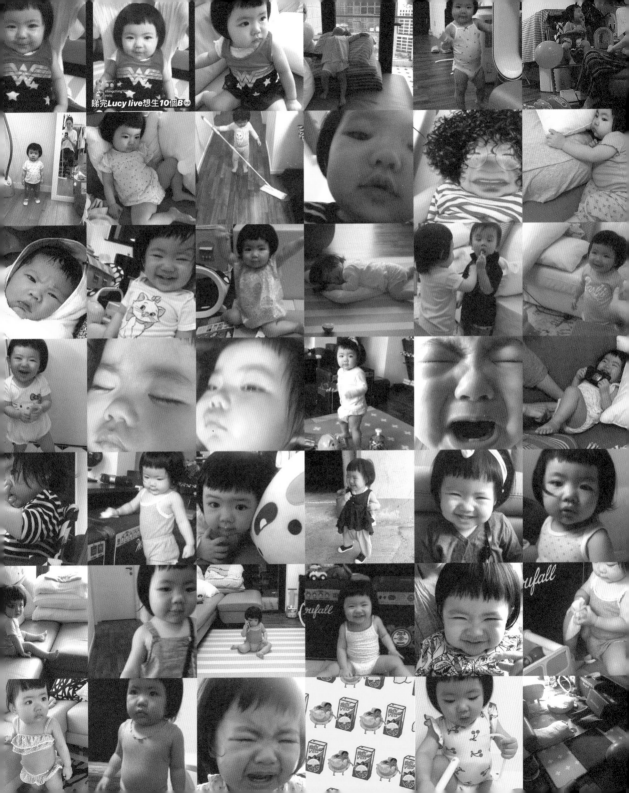

睇完Lucy live想生10個B😆

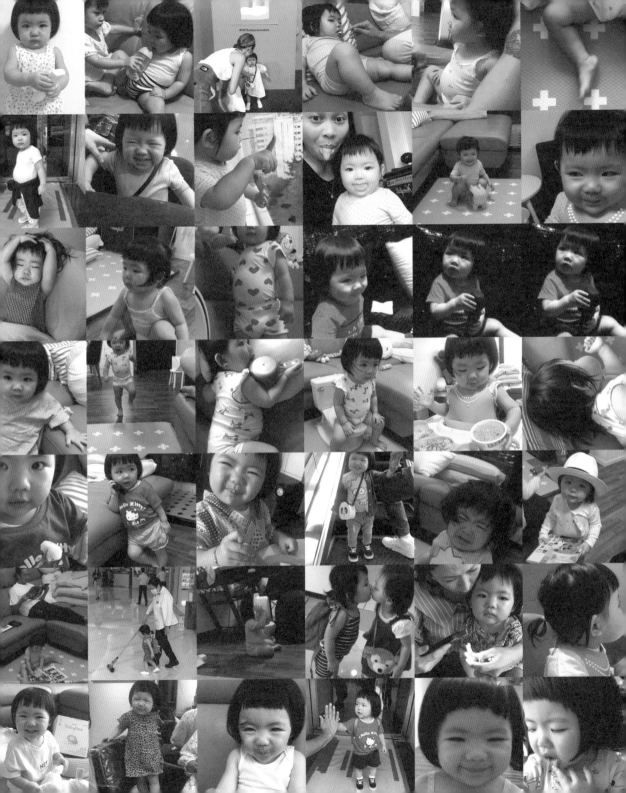

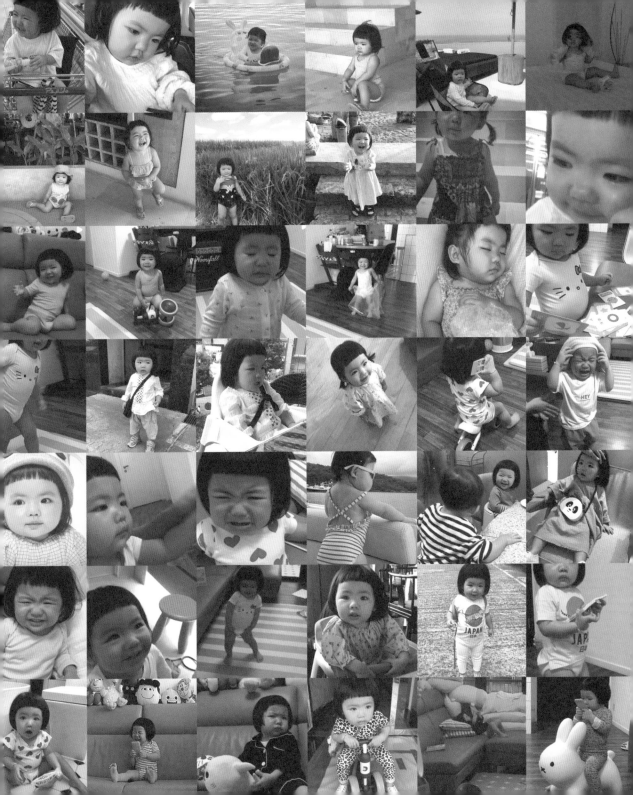

盡咗力幫你p走隻腳🐾
唔就唔會影響大家欣賞BB肌

lucy so sweet

she shout to ask u to bring umbrella ma'am

20K 189

not sleeping yet

just pretend she is sleeping

17/09/2020 12:10:35 pm THU

Files on the memory card

SUE 7 - LUCY LEE

Files on the memory card

我來自得成

尋日我係太古見到 Lucy 背影，我問佢係咪 Lucy，佢話頭係，佢係 princess，😂😂佢好得意！如果下次我見到佢，我會叫佢 princess

12:34 PM

😂😂😂

佢呀！佢近期都係咁，公主病入晉膏

LULU日語小教室

好想立塊牌

friend in a shop in Admiralty, her
new colleague called Damien (a
man) knows that I am Lulu's Ema,
he asked me to say "Thank you" to
you
2:33 PM

He said he could only smile when
seeing Lulu in IG after his girlfriend
passed away last year 😭😭😭.
He shed tears and I shed mine
when he told me so 😭😭😭
2:34 PM

Lulu is really an 😇 2:36 PM

願我們每一個人，長大以後，
都可以用一顆純真的心，
去看待這個世界。

♡ ◯ ▽ 🔖

 becarefullee 和其他 1229 人都說讚

lucy.is.good 大家好！我叫李元元！我黎到 lee 個世界
係負責搞笑嘅。#個 carseat 窄到 #阿爸阿媽你好快
d'蚊'返我出黎 #我冇食滯

一切從這裡開始

序

親愛的 Lulu 粉：

我是 Lulu 媽的大姊姊，她嬰兒時期的小媽媽。當 Lu 媽邀請我幫她寫序的時候，我第一個反應是：「我唔係名人喎，有用嗎？」，她回道「你係睇住我大同埋最清楚我嘅人喎。」就這樣，我便帶著一顆輕快的心，一一回想所有關於 Lu 媽兒時的模樣和她的趣事。

Lu 媽出世的時候，我已經是小學二年級了，猶記起媽媽 12 月下旬的一個下午致電祖母家，輕鬆的問道：「你估我生了一個細佬抑或細妹？」我隨即回答：「細佬！！！」媽媽笑笑：「妹妹嚟嘅，好多頭髮，好可愛！」為什麼我會回答細佬而不是妹妹，因為我已經有一個妹妹了，心想不如來一個不同性別的吧，但事實證明三條 Queens（那年代人家常這樣形容生女的叫 Queen）是很開心的，而我們這三條 Queens 真的是蠻嘈吵的！

當我見到這「第二位妹妹」的時候，她很安靜的躺在媽媽身邊，烏黑的頭髮，白雪雪脹卜卜的臉蛋，我對這小生物悠然生愛。由於 Lu 媽出世時已經有八磅多，人又長得特別長，所以在學校排隊永遠排最後，每個學期都要媽媽買新校服，我跟二妹有一次真的笑她：「肥肥（Lu 媽兒時的花名，其實我現在仍然這樣稱呼她），你唔好大得咁快啦，我哋屋企好窮㗎，冇錢再買校服俾你！」在我們那個年代，家姐不合穿的校服會留給妹妹，但由於 Lu 媽是一名巨嬰，我們的舊校服跟不上她的生長速度，這基因似乎也發生在 Lulu 身上。

除了是特長及特別脹之外，她那「懶理人」的性格從小已經成形。她中學時被派到赤柱一間名校就讀，我們當然不是什麼富家子弟，只是生活在南區一個屋邨，Lu 媽的同學很多都非富則貴，家住紅山半島、淺水灣、

山頂，比比皆是，如果 Lu 媽自卑一點便「大鑊」了。但我從來沒有聽過她投訴過、自卑過或羨慕過同學仔的家有多大，暑假去了哪裏渡假之類，她很自在的做一個草根階層的女兒，而且她沒有什麼補習班去幫助她的功課，因為我們真是窮等人家，沒有多餘錢去補習學琴之類。但縱使資源那麼短缺，Lu 媽依然名列前茅，而且從來都不見她寒窗苦讀，只見她在家到處「躂」在地上做功課，很忙的收集信紙信封寫信，委實不知她為什麼常常見的同學都要日日寫信寄給大家，還有煲電話粥！！！！當時還沒有 call waiting 的年代，媽媽有時連續打了幾次電話回家都接不通，Lu 媽永遠都是元兇！！！

還有一件經常發生的事都可體現她那「懶理人」的性格。由於 Lu 媽就讀有錢名校，她間歇性便會拿一大疊獎券回家問媽媽買不買幾張，最初媽媽都會支持一下，免得女兒難做，但七年中學生涯的獎券實在太多了，我們集體跟 Lu 媽說：「肥肥，你啲同學仔咁有錢，不如你叫佢哋買晒佢啦！」她傻笑一下：「係喎！」隨後她便把獎券退給老師。很明顯地，她從來未曾為這些事情苦惱過、自卑過。剛才説她的行為是「懶理人」，但我覺得這是超然的，尤其在現今激烈比拼，凡事批判的年代，她擁有這特質實在令她活得更自在，更開心，畢竟「人比人，比死人」何苦常常要跟自己過不去呢！

另外，我想很多人會奇怪為何 Lu 媽以前那麼胖，現在又那麼瘦，其實元兇是「Lu 媽的媽」。小時候 Lu 媽真的很可愛和乖乖，媽媽常常怕她吃不飽，務必要把 Lu 媽養得白白胖胖的，但隨著時間增長，媽媽開始覺得女兒需要減肥了，於是勒令 Lu 媽減肥，減她的食量及要求她做運動。還記得有一次我買了一個漢堡回家，當時在客廳中做 sit up 的 Lu 媽敏銳的嗅覺發現了我的漢堡，「家姐，你呢個係咪漢堡包嚟㗎，可唔可以俾我聞一下？」然後她深深吸了漢堡香味一下，隨即把漢堡退回給我：「我唔可以放棄㗎！」然後繼續努力做 sit up，很快那眼大大的胖妹便變成美少女了！

最後我想講一講一經典的軼事。在 Lu 媽中學時代，有一天我發現她的學生手冊攝了一張 Sam Lee 的照片，我很驚訝，因為我們三姊妹從來沒有偶像，問他為何將這位仁兄放在學生手冊內，她立即表現出像 Lulu 望住 MC Cheung 的神情，把學生手冊緊緊的抱在懷裏，腼腆道：「我覺得佢好有 character 喫！」我呆了一下，心想這妹子的喜好真特別！！！到她讀大學三年級的時候，有一天她回家時樣子古古怪怪的跟我說：「家姐，李 XX 好似追我呀！」我很冷靜的問：「那麼你喜歡他嗎？兒時偶像嗰？」她說：「當然 No 啦！佢咁騎呢！」（我妹澄清中學時期少不更事確實有迷戀過，但上大學後就沒有了。）然後我說：「咁就冇所謂啦！」但過了一陣子，她又跟我說：「家姐，佢仲係好似奪命追魂咁 call 我呀！」今次，這顆少女的心開始被融化了，因為這位哥哥好像很殷切及堅毅，現在證實他的堅持是值得的，這位思想另類，自由奔放的女孩子每天都為他及他的家帶來正能量，帶來歡樂！

這對小戀人終於在 2013 年終成眷屬。我常常催促他們快點生個「小肥肥」，終於這個「小肥肥第二代」於 2018 年來到這世界上，雖然 Lulu 的樣子不全然是肥肥兒時的模樣，因為 Lu 媽的眼睛大很多，嘴巴也再圓一點，但是看見這個圓碌碌的 Lulu，我們真的很高興。我常常對 Lulu 輕輕的說：「雖然你個樣好似一隻小豬，但係你真係唔係一隻豬嚟喫。」其實我的意思是 Lulu 的樣子看上去並不是一個超級精靈的小朋友，但我跟她的相處發現這個小生命真的很特別，她很敏感，很聰明，很願意配合，表面很鬼馬，但又非常懂性。

最近我在 Lulu 的家跟友人用 Whatsapp 談天，當時我把穿著芭蕾舞裙的肉肉 Lulu 照片傳給我的友人，然後用語音輸入說「醬爆蝦丸」想用文字來形容 Lulu 的可愛肉肉。當她聽到我說「醬爆蝦丸」的時候，她突然朝向我說：「我唔係醬爆蝦丸嚟喫，我係靚喫！」我眼都凸了出來，坐在另一旁的 Lu 媽笑到全身震動，我強作鎮靜，說：「E-ma 唔係話你係醬爆蝦

丸,我係講緊呢樣嘢食呀!」慌忙中,我在 Google 裏搜尋了醬爆蝦丸的圖片遞給她看,她看了一眼不滿的說:「我唔鍾意食醬爆蝦丸㗎!」我們當時笑到人仰馬翻。

看到妹妹教育 Lulu 的方法,覺得很神奇,由 Lulu 一個月大她已經把她當成是大人那樣跟她說話,而 Lulu 好像真的聽得懂她在說什麼。她從不「軍訓」,但也不放縱,反而是很耐心的解釋事物的關係及價值,教曉這小生命如何感恩,分享和珍惜她擁有的。

最後,但願在天家的爸媽都會為他們的小女兒及孫女所做的一切而感到驕傲,我的小妹子沒有世俗所謂的名譽及地位,但她的奇思妙想及風趣幽默委實令到這個世界,起碼我們的家——香港,注入點點的歡樂,令大家暫時忘憂!

大 E-ma 梁馨澤

本書內的所有手寫文字及插圖，
均由老母和Lu親自書寫及繪畫！
有血有肉，有淚有汗😓
請各位務必要認真把全書看完！
♡特此通知！尚祈請各位合作！

SOPHIA

終於要寫序，一拖再拖，來到籌劃這本書的尾聲，最開頭的序，一如我所料，到最後才動筆。我一直在等我姐姐寫好她的代序才動筆，看她如果寫得夠好，我就可以在這裡省略一點。(嘻嘻!)

我這個大姐姐，除了爸媽，應該是這個地球上認識我最久的人了！當爸媽相繼離開，我就把她當成我媽，小時候其實她也是我的小媽媽，到現在我也很喜歡欺負她。

謝謝她在代序中把我形容得那麼透徹，這個我和我認識的自己差不多，也和我爸曾經形容的差不多。他說我和我兩個姐姐性格很不一樣，說我是個藝術家。當時我大概15、6歲。小時候和老爸溝通不良，以為他沒有花心機想要了解我而隨便說說。現在回想起來，原來他早就看透了我是一個不愛拘束、不愛計劃、想自由得要死的靈魂。

大學畢業後，我沒有很正經的去過人生。年輕就是任性，當時虛耗了不少光陰，到現在還是沒有後悔，因為還是覺得那段日子真的很好玩！

人生都真的是階段性，每個段落都有其意義。
而且人生也就是這麼曲折離奇，更沒有想過我會
以作者身份為我的女兒寫下這本書。

感激這個宇宙、這個我、還有身邊一切美好的事物
把這個既夢幻又真實的故事寫在我的人生當中，
成了當中最美的一頁。這本書是一個美麗的巧合
當時間、地點、人物都對了，最後預期時的就
最驚喜的出現了！

最後，想借用村上春樹的一句話：
"不確定為什麼要去，正是出發的理由。"
不確定為什麼我要寫這本書，但相信創作的
旅程就是我的答案。

這本書，好想送給天上的父女。我活得很好，
是我想要的樣子，你們在天國也一定很好吧！

Sophia
22·6·2022
12:42 pm

059

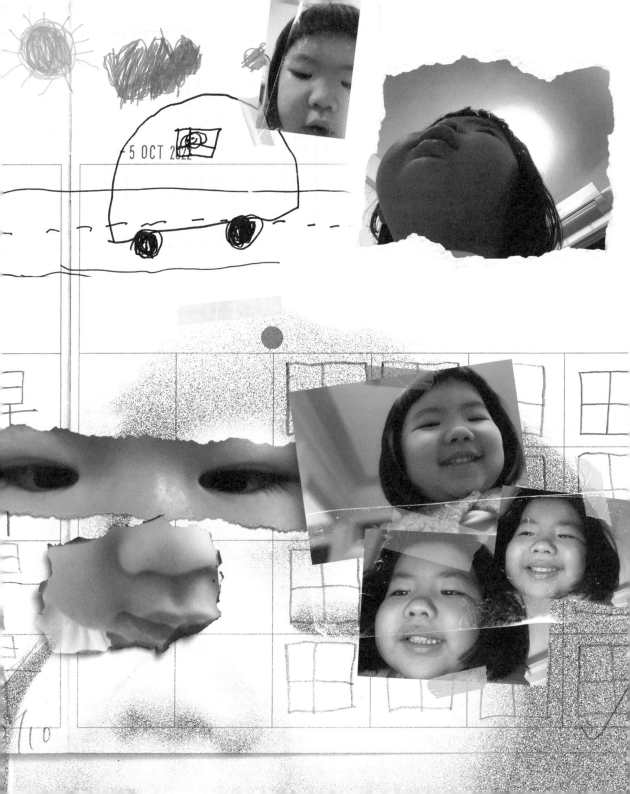

-5 OCT 2022

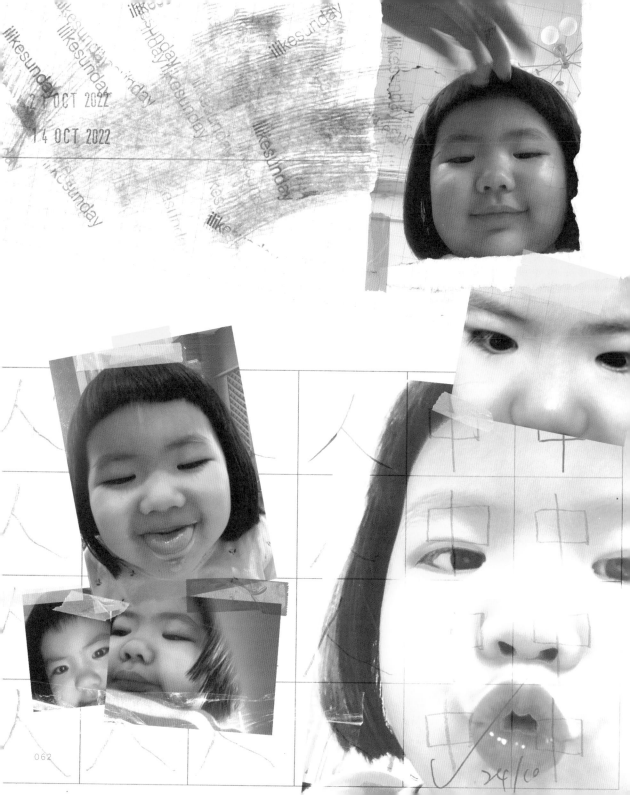

21 OCT 2022

14 OCT 2022

認讀： 日期：

請貼上巴士的圖片。 請 假

我做得到！

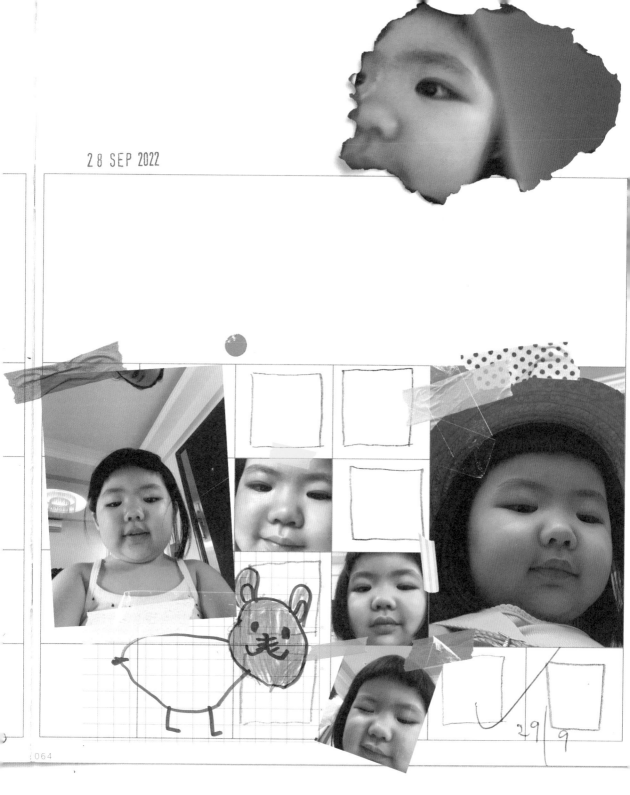

29/9

天 天 天
天 天 天
天 天 天 天 天 天

請畫出自己喜愛的大樹。

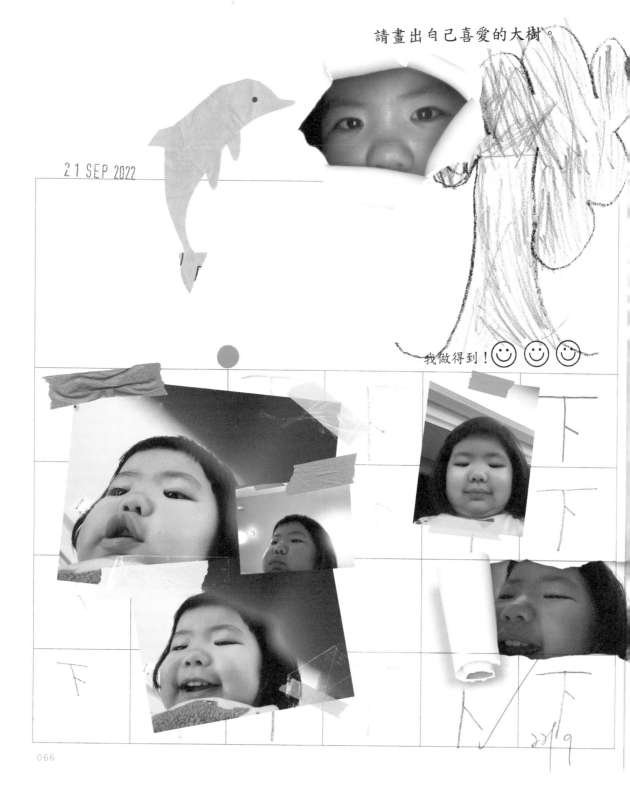

21 SEP 2022

我做得到！ :) :) :)

SOPHIA SAM LULU

我沒有很努力去經營你的IG帳號，
只是喜歡，所以就做了！
做自己喜歡的事情，從來與努力無關。
當你夠喜歡，就毫不費力，
而我也樂在其中！

IG: @edanlui
1 Total Followers: 140,315
Engagement rate: 15.81%
Edan Lui 呂爵安

IG: @laiyingdesu
2 Total Followers: 119,971
Engagement rate: 11.58%
Laiying エミー TANG 鄧麗英

IG: @terencelam0903
3 Total Followers: 115,020
Engagement rate: 16.39%
林家謙 Terence Lam

cloudbreakr

2021年第一季
網紅排行榜

IG: @smyphoebe
4 Total Followers: 95,362
Engagement rate: 4.62%
Phoebe Sin 單文柔

IG: @fhproductionhk
5 Total Followers: 568,333
Engagement rate: 2.93%
FHProductionHK 熊仔頭

IG: @lucy.is.good
6 Total Followers: 249,650
Engagement rate: 11.88%
李元元・LU

IG: @zoeso0930
7 Total Followers: 249,828
Engagement rate: 5.33%
Zoe So (蘇小小)

IG: @iancychan
8 Total Followers: 145,733
Engagement rate: 16.79%
Ian Chan 陳卓賢

IG: @ansonlht
9 Total Followers: 152,362
Engagement rate: 14.36%
Anson Lo・盧瀚霆

IG: @kayan9896
10 Total Followers: 93,833
Engagement rate: 12.64%
Jeannie

♡ ○ ◁

30,746 人都讚好

lucy.is.good

截至目前為止,個人業績及榮耀:
＊網紅龍虎榜第六位
＊9 GAG 轉發其短片一次
＊Blackpink 經理人轉載其短片一次
＊獲 Blackpink 經理人 FOLLOW
＊共獲得約 39 萬名老母👩
　　　恭喜恭喜!!

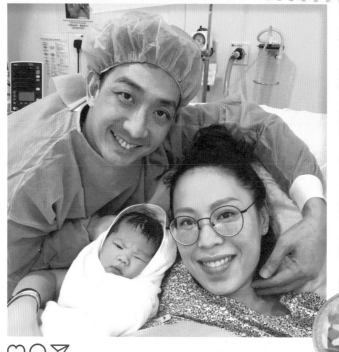

♡ ◯ ◁

88,391 人都讚好

lucy.is.good

一出世，就厭世。

#鬆皮晒眉

♡ Q ⊽
56,770 人都讚好
lucy.is.good

一出世梗係要耍番套螳螂拳先吖🤪

LUCY

♡ ♡ ▽

lucy.is.good

第一日返到屋企·我斜睥住老母,
非常懷疑佢搞唔搞得(我)掂…
#100%無添加絕對懷疑嘅眼神
#李老豆啋嘅樣

KODAK PHOTO POTRAIT

44

44

KODAK PHOTO POTRAIT

食完就瞓，瞓完就屙，
屙完又要食，人生開始好YC。

073

♡ ○ ▷

55,321 人都讚好

lucy.is.good

頭幾星期，
我大部份開眼嘅時候都係咁嘅樣。
生存喺人世間一星期就已經開始懷疑人生😊

對耐左, 老豆開始冇咁渚底,
(之前一聽見我喊佢就標油😭)
宜家開始識得玩弄我。
#將我包成春卷狀物體
#老豆確係有少許沾沾自喜

♡ ◯ ◁

65,452 人都讚好

lucy.is.good

行動升級：老豆老母趁我無還擊之力，

來埋其他豬隊友嚟玩我。

#一係唔着衫 #一係包到我隻米奀咁

#一直維持住一臉不悅 #其實影完未晞 😑

LUCY

♡ Q ▽
87,092 人都讚好
lucy.is.good

睇嘢清楚咗，開始覺得人生好玩
#YEAH

♡ ◯ ⊿

lucy.is.good

我話比你知,由出世到呢一刻,
時不時,我對老母都抱有懷疑眼嘅態度。
#信佢唔過 #串樣

♡ ◯ ◁
34,668 人都讚好
lucy.is.good

就係呢個樣,
老母認定我係降落凡間既奏煌BB😊
#我頂

我相信呢係我細個嘅時候,
老母其實係曾經接受唔到個女我似秦煌。
成日幫我整色整水,戴LEE戴路。
今次為大家示範嘅係呢項白韻琴同款
壓紋花邊帽,配以秦煌吓嘅天樣,效果掙扎。

♡ ◯ ▽
55,786 人都讚好
lucy.is.good

冇說過一落水個樣會變咗吳孟達。
#呆呆呆

哎吔!有記者影我唔記得化返好個妝添!

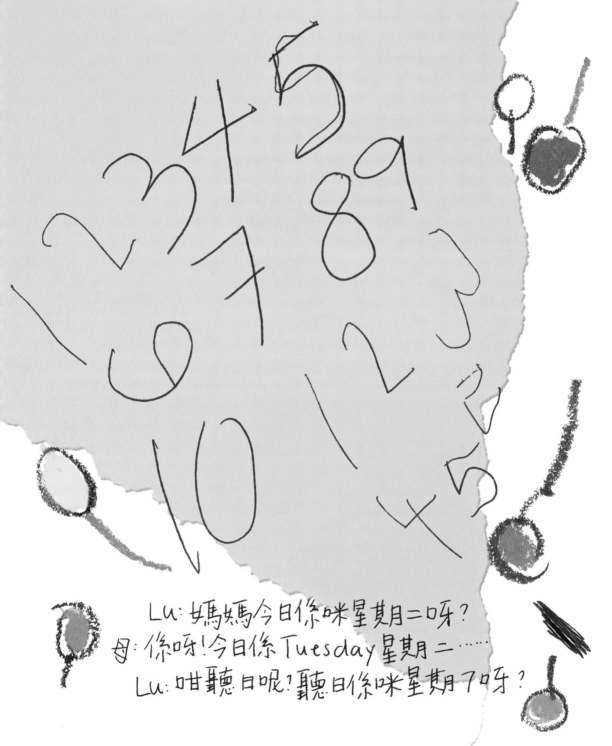

Lu: 媽媽今日係咪星期二呀?
母: 係呀!今日係 Tuesday 星期二……
Lu: 咁聽日呢!聽日係咪星期7呀?

LuLu看世界
因為好奇，世界才會變得有趣。

2022/08/2
2022/07/12 19:06:10
2022/09/17 10:54:05
22:31:05
18:15:27
09/13 19:24:04

084

♡ ○ ▽

1,102,391 人都讚好

lucy.is.good

公公為我打發扇，婆婆話咁耐以嚟，
公公都冇咁好服侍過佢喎 #呷醋婆婆

♡ ◯ ▽

67,111 人都讚好

lucy.is.good

唔好以為張相好賴有feel咋啦!
放大我個樣嚟睇,其實當時喺我屙咗屎喊緊,
老豆又咁啱聞到我陣屎味咋😂。

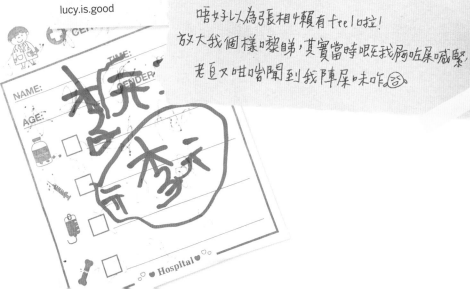

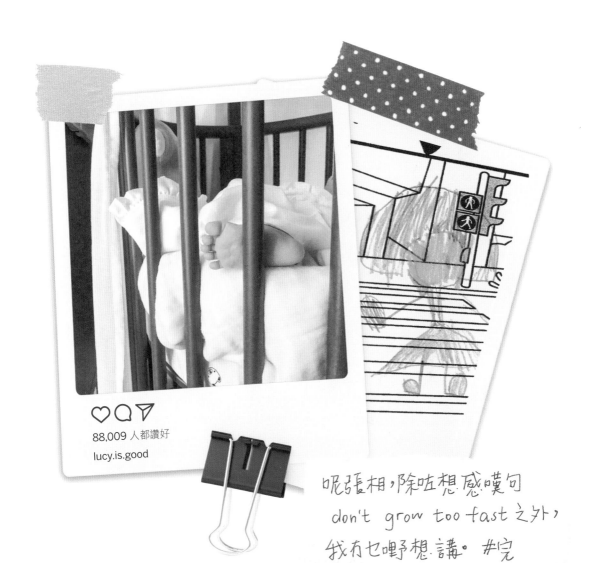

♡ ꕷ ⎘
88,009 人都讚好
lucy.is.good

呢張相，除咗想感嘆句
don't grow too fast 之外，
我冇乜嘢想講。 #完

broccoli

♡ ♀ ◁

61,127 人都讚好

lucy.is.good

因為個女唔like瞓覺,
個老豆自不然變得好想瞓覺 😵😵😵
#搞咗一輪終於肯瞓 #老豆個黑眼圈勁到

♡ ♀ ◁

602,221 人都讚好

lucy.is.good

有一段好長嘅時間,
我同我老母一直保持住呢種互相斜啤嘅狀態。
#你望著我我望著佢☹ #我又死唔瞓
#吹咩吹咩吹咩

574,009人都讚好

lucy.is.good

細個覺得佢瞓覺個樣好似廖偉雄.

KODAK PHOTO POTRAIT

♡ ♀ ◁
602,221 人都讚好
lucy.is.good

當年,因為呢個林作頭,令我一舉成名♡
#喺度我想多謝返林作☺

091

你看媽媽都曾經為你寫下了這些快樂的文字，
希望特來的你看到會感到了不起！

2021.04.28

Snapio

LUCY

lucy.is.good

大家有冇留意到，我笑起嚟眼冇咪咪眼，
其實係同婆婆一樣㗎♡🌈

093

同婆婆相處，其實有9成時間我都P你見唔到佢對眼😊

♡ Q ▽
45,901 人都讚好
lucy.is.good

絕密曝光，嚴重皮膚敏感的一天

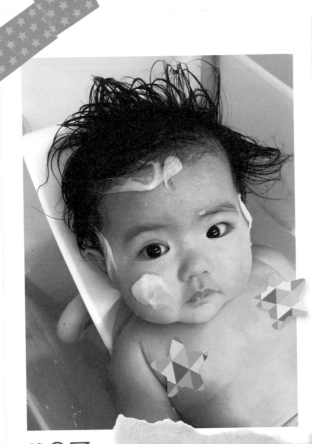

♡ ◯ ▽

59,000 人都讚好

lucy.is.good

然後老母以為自己係醫生☺，
牛賴勁幫我敷咗D高濃度眠金銀白菊花水，
結果⋯ #當然你有好結果啦！

當晚及第二日，真情樣都變埋
#扮京劇麼
#喂BB你一邊位呀

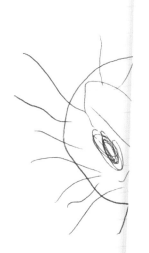

♡ ◯ ▷

78,348 人都讚好

lucy.is.good

老母佢好哩野呀！佢處變不驚,仲喺度笑。

＊有一晚話要講故事俾老母聽＊
Lu:媽媽我講個故事俾你聽呀!
　　個故事叫我要升班了!
喀!我開始喇!從前有一個同學叫我要升班了⋯⋯
　　母:吓?點會有人叫我要升班了呀?
　　Lu:唔係呀!真係㗎!佢叫我要升班了吖拉!
跟住呢跟住呢跟住我講完喇⋯⋯
　　媽媽故事完咗喇!完得好快呀你咪呀?

♡ ◯ ◁

37,442 人都讚好

lucy.is.good

喂!坐咗上呢張野上面係咪準備要
將我射上太空呀🚀 #樣貌驚恐

♡ ○ ◁

45,351 人都讚好

lucy.is.good

除咗用癡呆呢兩個字去形容呢個樣，
實在係別無他選。

#可摸耳仔埋條豬橫脷先再講呀

101

有絕對理由相信老母根本係唔鍾意我，
餵食期間乘機將成碗嘢潑向我塊面度。
#虐待兒童

♡ ◯ ◁

67,020 人都讚好

lucy.is.good

李老豆都算唔話得㗎!
成日一見我瞓覺就咁擰我同我一齊瞓 😴

Lu: 點解爸爸成日咁耐未返？

母: 爸爸working要賺多D錢錢所以耐D囉！

Lu: 咁賺幾多金錢錢係好多㗎？

母: er⋯⋯⋯

Lu: 我都好想賺好多錢錢跟住買好多糖糖，
因為呢咁樣係好開心㗎！

♡ ⊙ ◁

1,009,283 人都讚好

lucy.is.good

又戴 headband，又要戴眼鏡，
人生係唔應該有咁多枷鎖㗎！
#iNEEDfreedom

♡ ○ ◁ ☐

lucy.is.good

我承認我當時個樣係認真咗少少

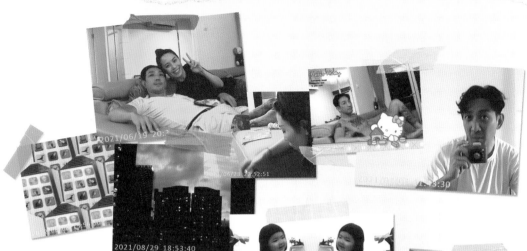

LuLu看世界
小孩沒甚煩惱，成年人卻沒事找事煩！

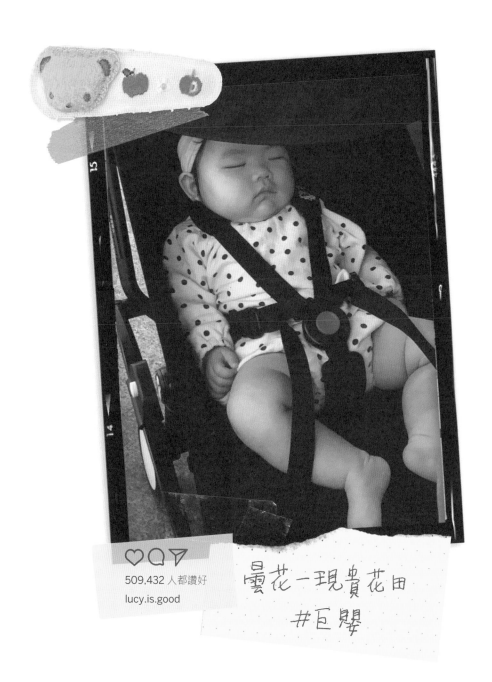

曇花一現貴花田

#巨嬰

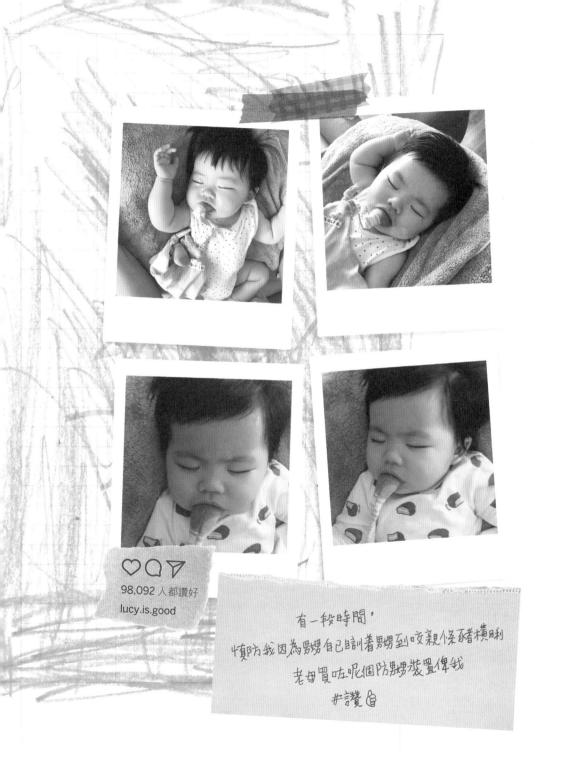

有一段時間，
慎防我因為晦氣自己瞓着晦氣到咬親條脷者橫瞓
老母買咗呢個防晦氣裝置俾我
#讚

QV

84,203 人都讚好

lucy.is.good

從側面都feel到有人又好膠自己瞓着咗

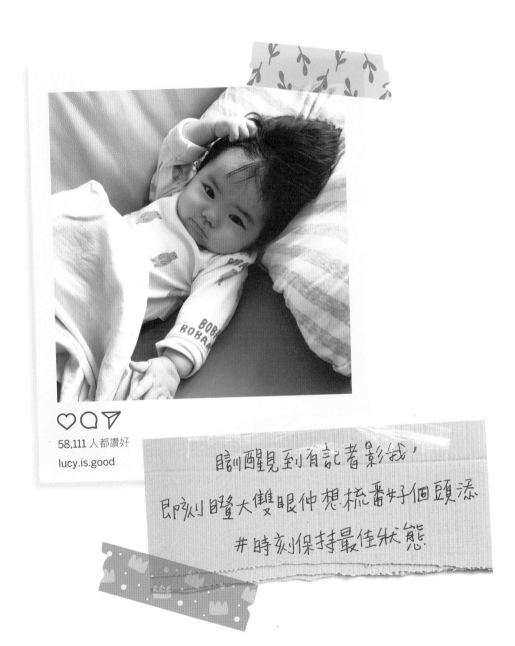

♡ ○ ▷

58,111 人都讚好

lucy.is.good

瞓訓醒見到有記者影我，
即刻瞪大雙眼伸想梳番好個頭添，
#時刻保持最佳狀態

♡ ○ ▽

33,231 人都讚好

lucy.is.good

其實每次比衫卡住個頭，
我都覺得很難過
#CRYCRY

♡ ◯ ◁

67,020 人都讚好

lucy.is.good

婆婆、公公和大姨媽。

除了爸爸和媽媽，

他們應該是世界上最疼愛我的人們 ♡

知道自己一瞓著嗰下已經摵自己大髀，

　但最後都醒唔番 ☺

♡ ◯ ▽

lucy.is.good 靴型面與餐包手箍真係神之配搭 ☺

115

2021/11/10 14:45:14
2021/10/29 20:12:
2021/08/29 22:38:24
2022/01/18 22:25:52

LuLu看世界
小孩大快活,是因為他們懂得忘記!

2022/02/02 17:40:24

LU: 媽媽我好劫呀…
母: 好劫? 點解呀? 你做過啲乜嘢呀?
LU: 我做咗好多布哩野呀……

♡ ◯ ◁ ☑

呢!我老豆老母肉裡嘅真面目竟係咁㗎咪!
#我父母是惡魔 #人人話佢地衰係真㗎

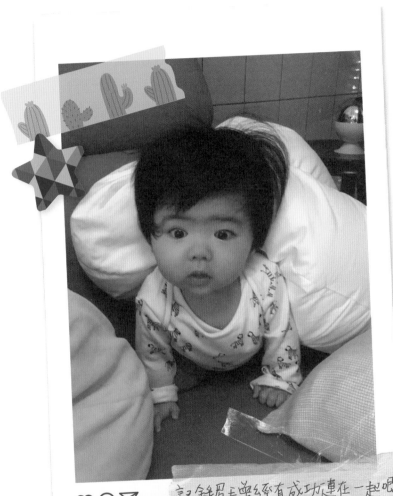

記錄眉毛曾經有成功連在一起嘅一刻 🐰

♡ ○ ◁

33,234 人都讚好

lucy.is.good

用一張咁痛苦嘅照片去記錄我初生嘅牙齒

KODAK PHOTO POTRAIT
44

44
KODAK PHOTO POTRAIT

44,344 人都讚好
lucy.is.good

點解要放呢隻護翼上我個頭呀？

#個樣男嬲到

121

♡ ◯ ▽

55,244 人都讚好

lucy.is.good

有一段時間，成日喺屋企對住老母，
我以為我嘅人生已經係冇晒希望。

據非正式統計，由細到大，除衫嘅時候，
共有138次被自己個頭卡住，
因被卡住而喊共138次，冇喊到為0次，
即是 #次次卡次次喊

♡ ▢ ◹

98,002 人都讚好

lucy.is.good

食得開心，屙得放心 🐰

♡ ◯ ⊿

lucy.is.good

要贏人先要贏自己

125

屋企樓下個食Q晏晝見我幾次,
次次都問我食咗飯未,一個晏晝點食咁多餐飯呀!
你真係當我LuLu呀? #但你真係LuLu喎 😆

126

見到你咁嘅樣,

老母有時真係想 連條命 都俾埋你呀 ♡

127

LU: 媽媽 i Love you!
母: 好 Love 我?有幾 Love 先?
Lu: 係好大好大嗰隻 Love 囉!

玻璃當紙，貧錢老母又唞一筆

#Yeah

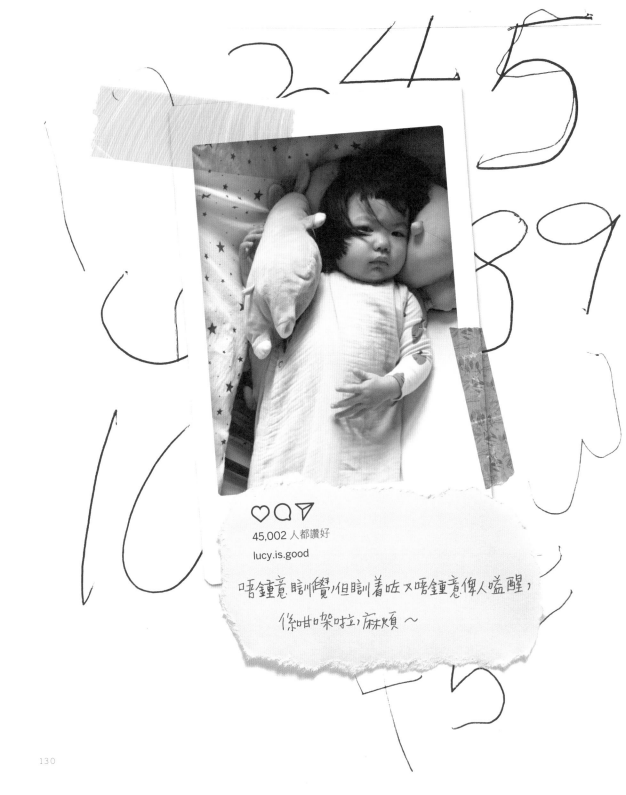

♡ ◯ ✈

45,002 人都讚好

lucy.is.good

唔鍾意瞓覺，但瞓著咗又唔鍾意俾人嗌醒，你咁㗎啦，麻未煩～

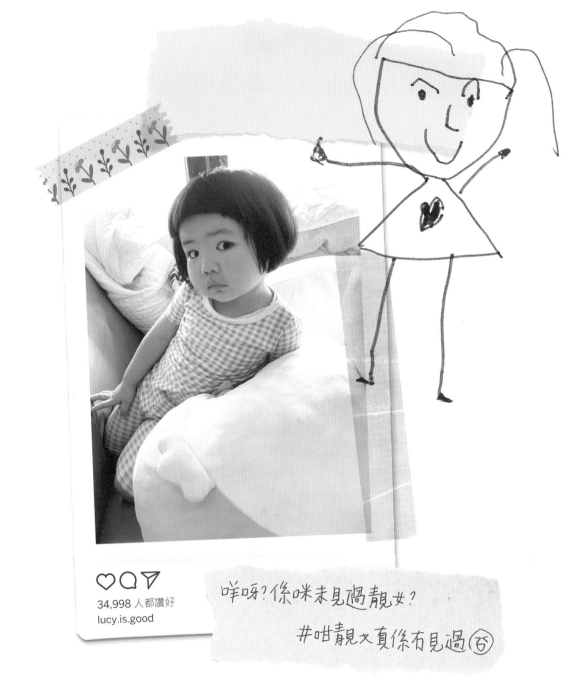

♡ ⚪ ▽

34,998 人都讚好

lucy.is.good

咩呀?係咪未見過靚女?

#咁靚又真係冇見過😆

喺陪玩方面，李老豆已經練得一身好武功，
識得將腦部同手部完全分開操控。

#合埋隻眼陪玩 bubble 紙

Lulu看世界☺

　　其實我們大人都應該
學會小孩的純真和直接。

56,221 人都讚好

lucy.is.good

一睇我呢個手勢就知 我識同外星人溝通啦.

老母話抽到呢條衣褲咁高係旺我讀書運喎!

#痴線

♡ Q ✓

73,029 人都讚好

lucy.is.good

老母為咗慳電費，每逢夏天嘅時候，
都維持喺汗人合一嘅狀態。

DE
ICa
oP
T
uVWn

♡ ○ ▽

40,039 人都讚好

lucy.is.good

睇我嘅企姿已經反映出我做人嘅態度.

#BeChill #BeGood ♡

懂得快樂是一種智慧，
每個人都應該要努力練習。

因為呢個髮型嘅關係，我覺得整體嚟講，
個人係醒目咗同有自信咗，

最緊要係沖涼D泡都多咗 😆😆😆

♡ ◯ ✈

lucy.is.good

整容失敗 #撞下撞下又一DAY.

140

♡ ◯ ⊿

44,959 人都讚好

lucy.is.good

喳?! BB你呢個甫士咁似周星馳賭聖入面

阿綺夢食龍虫段咗個幕咁呢

♡ ◯ ◁

49,209 人都讚好

lucy.is.good

細細個已經深明勤練功戲無益呢道理💡

#難度分10分

65,009 人都讚好

lucy.is.good

做錯事，自己眼淚唯有自己抹 😔

#一條可憐的蟲.

143

願意付出時間詩每一件事的因由
都向你說清楚,是我默默的堅持。
漸漸地,我發現你已經慢慢地成為一個明白事理的孩子。
明白事理很重要,
因為我認為,以人理服人從來都是王道。

♡ ◯ ◁

86,201 人都讚好

lucy.is.good

感恩有個(步步啦)牛賴情的媽媽😁,
好讓我能嘗試一切好玩的有趣的。

145

♡ ◯ ◁

99,999 人都讚好

lucy.is.good

最後一次婆婆拖住我去街街♡

♡ ◯ ▽

59,303 人都讚好

lucy.is.good

睇佢個身型個個以為佢食飯好乖，
其實佢都有一般小朋友食飯會誓願頁，
含飯嘅通病👀

#完全唔明黑占解要含飯 #有時真係好想打鑊佢

我做得到！☺ ☺ ☺

147

♡ Q ◁

59,000 人都讚好
lucy.is.good

無時無刻都覺得自己好靚,
就算有四條眉毛三個鼻哥窿四隻眼兩個嘴,
都無損佢對自己嘅自信

#呢份自信絕對值得世人學習🧡

喜愛的大樹。

生活就是爽。

打橫睇，打直睇，就睇你點睇。

我做得到！ ☺ ☺

149

♡ ⬭ ◁

56,001 人都讚好

lucy.is.good

自由奔放嘅靈魂，井年輕就是任性.

我大個呢都係想做princess，
因為呢princess係唔洗working㗎嘛，
同埋呢你可以日日都著裙裙啦……

♡ ◯ ⊽

86,654 人都讚好

lucy.is.good

呢個電子琴，帶來唔少經典嘅回憶，
當然要用一頁去感謝佢啦♡
#電子琴多謝你啦

我記得當時佢話呢個係爸爸

#咁下面嗰兩粒會唔會係睪丸呢

#我講笑啫

♡ ◯ ◁

49,209 人都讚好

lucy.is.good

唔知係咪因為上次深喉採樣事件太經典，
抱住BB，都覺得佢好似想送佢去火坑多D。

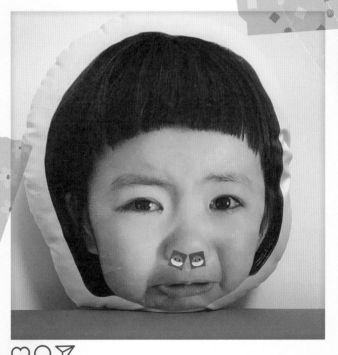

♡ ▢ ◁

44,505 人都讚好

lucy.is.good

佢咁做，我諗係連佢自己都唔係好耍

自己o個兩個鼻哥窿 🤪🤪🤪🤪🤪🤪

♡LuLu看世界
事情很簡單，複雜的是人心。

♡ ○ ▽
86,215 人都讚好
lucy.is.good

成日都想懶有型忍笑扮cool，但其實次次都忍唔到 #算吧b啦你

♡ ○ ▽

從我閃耀嘅眼神就知我又覺得自己好靚啦

♡ ◯ ◁

lucy.is.good

奶奶估唔到嚟咗我屋企借厠所
沖涼唔通知聲呀! #迷你奶奶

作為一名KOL，梗係要景返幾張OOTD先啦!

#KOL

♡ ◯ ▽

49,209 人都讚好

lucy.is.good

寫咗8個×同8個W已經想瞓覺。
點解人要讀書返學?點解唔可以不停去玩?

♡ ◯ ◁

66,231 人都讚好

lucy.is.good

影得好冇一D都唔重要,最緊要係識得擺pose

♡ ○ ◁

48,222 人都讚好

lucy.is.good

孤單的化妝枱與啼噓的人

163

lucy.is.good

直播　👁 2,347

59,763 人都讚好

lucy.is.good

開live嘅時候,曾經有2347人
同時見證過Lu完美嘅冇雙下巴,甚是創舉。

164

♡ ○ ▽

39,085 人都讚好

lucy.is.good

雪條是假的，但演元的戲是真的。

#好戲之人

165

♡ ○ ▷

59,012 人都讚好

lucy.is.good

柿餅笑與神聖嘅🐇手是世間上

最完美嘅死配搭

♡ ○ ⚇

87,009 人都讚好

lucy.is.good

我想 Lucu 最討人歡喜的，

應該是她非常真實的個性。

真實，在這個 P 圖年代，確是一道清泉。

#那當然還有她的肚腩啦

167

做個有溫度的人
用心去感受，
用心去聽，
用心去做，
累積下來的，就是人與人之間的溫暖

♡ ▢ ◁

60,945 人都讚好

lucy.is.good

雖然係好溫馨,但同時,亦都好沉重🙄

#痴線成三四十磅砸住個心口 #唔死呀

話陪婆婆，其實係老點婆婆俾youtube佢睇。

♡ ○ ▽

76,222 人都讚好

lucy.is.good

喂!唔係我肥呀!係個盤太細啫 😆

#一切原是幻覺

171

♡ ○ ◁ ⚝

48,223 人都讚好
lucy.is.good

女大十八變，唯獨是面型不變.

#哈哈哈

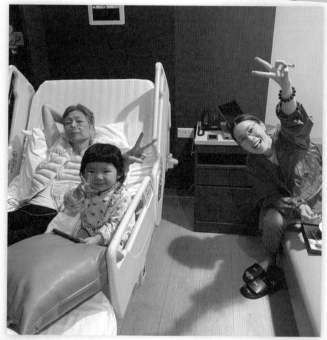

♡ ◯ ▷

87,921 人都讚好

lucy.is.good

雖然婆婆已經病入膏肓,但說到要拍照,
亦不忘要滿麗一番 #三代同堂

♡ ⎕ ◁

89,009 人都讚好

lucy.is.good

在婆婆最後的時光，我是她的小太陽☼，
　　每天到醫院陪她渡過人生最後的時光♡
　　#天上的婆婆妳過得好嗎

♡ ◯ ▽

千祈唔好問我大個想做乜嘢問題，
我而家喺度做緊咩，我自己都唔知

#我做緊咩 #點解我會喺度

如果你是花朵，
希望你能在自己最喜歡的季節裡，
綻放成自己想要的樣子！

24,093 人都讚好

lucy.is.good

婆婆家中洗澡篇。

隨著婆婆的離去，鴨脷洲930室的日子告一段落了！

#老母表示永遠懷念屋邨的溫暖時光 ♡

SOPHIA SAM L

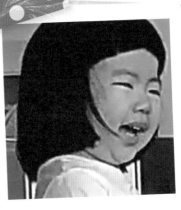

♡ ♡ ▽

87,308 人都讚好

lucy.is.good

腫有出頭天

#嘩阿姐你邊位呀

♡ ◯ ▽

87,921 人都讚好

lucy.is.good

除咗賺錢養家，

爸爸最偉大嘅貢獻大京尤係陪個困一齊瞓晏覺。

#我講笑啫 #爸爸4祈唔好嬲

2022/05/06 21:04:59

2022/04/14 14:45:5█

05/18 20:1█:40

2022/05/20

2022/05/08 18:40:13

2022/04/2█

2022/05/20 21:54:16

REX

LuLu看世界
換個角度，原來世界這麼美呀～

BEST FRIENDS FOREVER

♡ ◯ ▷

76,312 人都讚好

lucy.is.good

鍾意睇電視呢部份一定係遺傳自老豆

#老母係文人鍾意睇書唔通又話過你知咩😛

181

這些年,接受過大大小小的訪問。

其中這個問題,幾乎每個記者都會問:

"你對Lucy有什麼期望?"

我心裡常仄問:一定要對小孩有什麼期望嗎?

如果真的要我回答,

那我就期望Lu會做個對自己人生負責的快活人吧!

#自己人生自己負責PLS #但不忘也要活得盡情快樂

你認真生活，
有人會說你自以為是。
　當你表現得謙虛有禮，
有人會說你虛偽。
　　世間上沒有一種人可以迎合全世界，
　所以待你長大以後，
　　要記得最該討好的就是自己！

lucy.is.good
小時候，Lu比我早起，知道我起床，
她會面帶笑容入廁所陪我屙第一DOK尿，
然後說聲 good morning mama！

#美好的一天就這樣開始了 ♡

♡ ○ ◁

34,668 人都讚好

lucy.is.good

Lu是個奇怪的潔癖怪：腳板底不能感覺污糟，
着襪着唔正會CRYCRY，着褲有窩皮摺會抓狂……
#潔癖位完全令人摸不着頭腦

♡ ◯ ⊿

34,123 人都讚好

lucy.is.good

適時做個懶媽媽，

成就了更多機會讓她自己招呼自己。

#懶東姑4賴 啦咁多嘢講 ◉◉

♡ ◯ ✈

lucy.is.good 剛睡醒的一臉茫然,頭髮也有點亂,
但是有種舒暢感。人,始終還是喜歡自然的感覺。
人、事、關係也好,都盼求一份舒服和自在。

♡ ◯ ◁

雖然市面上有電動吸鼻涕機，
老母還是喜歡用較傳統的方法，
感覺好像是努力奮鬥後獲得點點的成果😋
#嘻嘻

♡ Q ▷
57,399 人都讚好
lucy.is.good

佢話呢個係船船,我同佢講冇所謂啦!
你覺得係乜就係乜,反正好玩就好!
#什麼都好玩因為什麼都不缺 ♡

迪士尼確是一個夢幻國度,令人充滿了夢想。
希望Lu長大後能成為一個鬥士,勇敢追夢!

母: BB呀你大個咗呢 想做咩啊?
Lu: 我想做返 LuLu囉!

♡ ◯ ▽

57,399 人都讚好

lucy.is.good

人如其字 #LUCY獨有圓形字體 #元FONT

♡ ○ ▷

lucy.is.good

Like mother like daughter

KODAK PHOTO POTRAIT

44

44

KODAK PHOTO POTRAIT

39,112 人都讚好

lucy.is.good

其實唔加呢 Kai 哩野,你都係麵包超人嚟架啦!

#肥豬包超人

隱藏式的美人兒 #元元美麗子又來了

♡ ♡ ▽

累了就抖抖,別把自己逼得太緊,
人生並沒有那麼趕,也沒有那麼累人啊!

57,342 人都讚好

lucy.is.good

媽媽說，中么主毒比中鉛毒更可怕 #嘔

♡ ◯ ◁

87,330 人都讚好

lucy.is.good

LuLu是世間上最可愛的寶寶,媽媽是這麼認為的。

♡ ◯ ▽

54,033 人都讚好
lucy.is.good

用marker畫腳。有些父母緊張得要死，
怕什麼 chemical 呀，怕東怕西的，
然後很多事情都怕他們(小孩們)受傷
而不讓他們碰。小孩呀！不就是應多做
有趣的事嗎？有時候瘋狂一點也是可以的!!

Lu: 夜晚呢…月亮就會出嚟working,
跟住呢太陽就會返去個ocean度瞓覺……
母: 吓? 太陽去ocean度瞓覺?
Lu: 係呀! 係有㗎! 我睇卡通片係咁樣㗎!

200

♡ ◯ ◁

59,889 人都讚好

lucy.is.good

第二次去迪士尼，從此踏上一條不歸路😒

♡ ꔷ ⊽

59,234 人都讚好

lucy.is.good

有一日 佢喺街上見到呢架古董車,
佢忽然大叫"好靚呀媽媽!"
　　老母以為個女忽然讚自己好靚心裡暗喜,
妖!原來佢話架車。

LuLu看世界
你呀真係不得之了 chicken wing!

♡ ◯ ▽

89,200 人都讚好

lucy.is.good

老母平時好少買玩具俾Lu，
大部份都係朋友送贈的。只要你願意發掘，
其實什麼都可以是玩具。玩捉迷藏，玩忍笑，
玩泡泡紙，玩廁紙筒⋯其實小朋友並不在乎它是
一件玩具與否，他們要的是陪伴。
#所以多點提醒自己放下手機吧 ♡♡♡

如果你不願意花上時間講道理，
那麼你的孩子就會變得蠻橫無理。

46,043 人都讚好

lucy.is.good

Lu對公主夢的愛戴完全在我意料之外。
就如人生，永遠在不被期待之中。

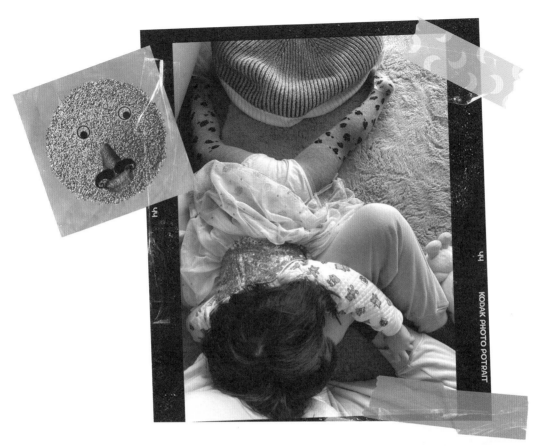

雖然這個時候 Lu 尚未開學,但我已不停告誡自己,到她要上學的時候,千祈千祈 x10000 不要不小心當了個可怕的怪獸家長。

雖然我知道呢個機率不高,但有時候,在洪流裏,我們會被擠得忘記了自己的原委。媽媽在此也做一個記錄吧,往後日子若媽媽真的變了質,大可以此為鑑 ◡‿◡

♡ ◯ ◁

97,044 人都讚好

lucy.is.good

公主鞋剛在家出現的時其月，即使是吃飯也不能錯過

♡ ◯ ◁

58,229 人都讚好

lucy.is.good

家裏呢无大小事务，媽媽盡量都會俾我參與。
#身體驗更多自然就學懂更多啦♡

39,085 人都讚好

lucy.is.good

my mum is my best best friend!

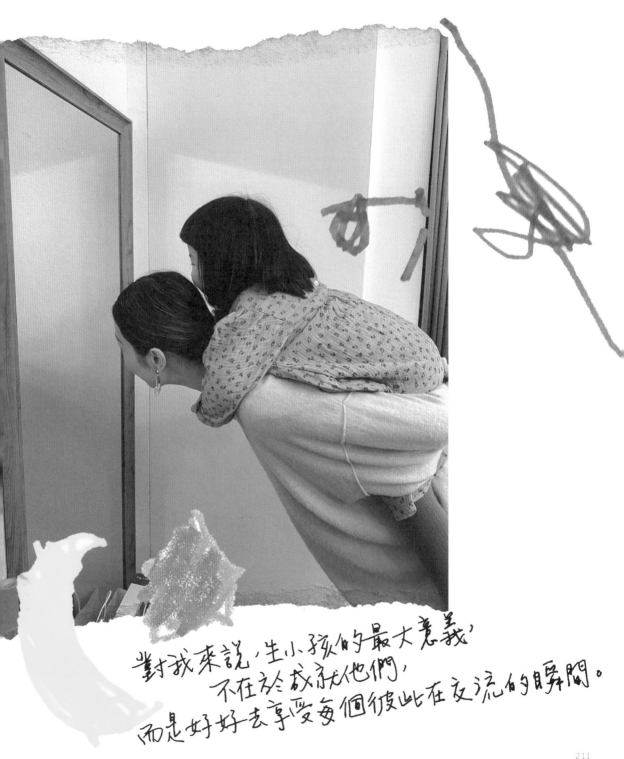

對我來說，生小孩的最大意義，
不在於成就他們，
而是好好去享受每個彼此在交流的瞬間。

♡ ◯ ▽

46,000 人都讚好

lucy.is.good

完全唔明點解要坐吓係呢個咁奇怪呢光位置。

♡ ◯ ◁

44,039 人都讚好

lucy.is.good

睇到咁傷感咩? B如你轉台啦😳

♡ ♢ ▷

98,233 人都讚好

lucy.is.good

著到咁，究竟有冇諗過你老豆老母嘅感受吖？

#最恐怖造型獎

努力讀書就唔敢講,但玩,我一定會俾足心機!

LuLu看世界

我覺得自己好靚喎～

♡ ○ ▽

21,339 人都讚好
lucy.is.good

 間屋亂到我差D都揾唔番我自己 #OMG

母：點解你成日玩完D玩具唔 tidy up 㗎呢？
Lu: UN(因)為呢… UN(因)為我唔想吖嘛…
真(跟)住呢 咪唔識囉！

見到爸爸D筋咁緊，作為女兒嘅我真替佢難過。

219

♡ ⬭ ◁

54,222 人都讚好

lucy.is.good

搞錯呀！Call 咗架 uber 咁耐打都未嚟……

♡ ◯ ⊿

78,884 人都讚好

lucy.is.good

真‧經典 #美心大酒樓矢嗜一枚

♡ ♀ ▽

71,772 人都讚好

lucy.is.good

有時候,必須承認我個樣係真係可以
衰得好犀利 #嘆為觀止

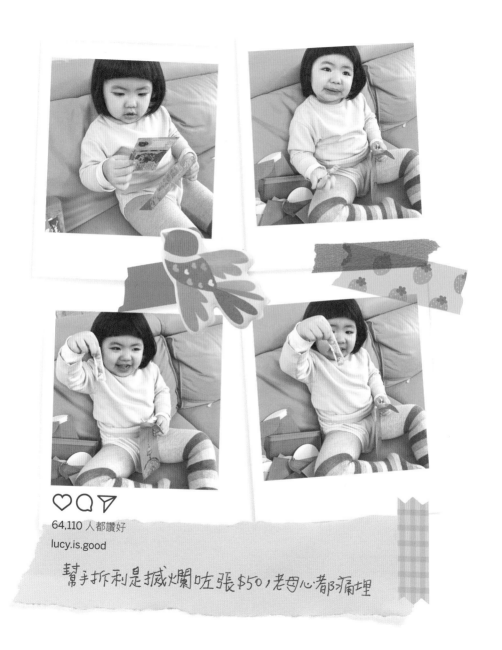

♡ ◯ ⊿
64,110 人都讚好
lucy.is.good
幫手拆利是撳爛咗張$50,老母心都痛埋

米有一天母女瞓醒在床上米
LU: 媽媽你今日隻眼好精神呀!
母: 咁你呢? 你米精唔精神?
LU: 我梗係精神㗎啦!
我地係一家人嚟㗎嘛!

♡ Q ◁

58,229 人都讚好

lucy.is.good

細菌肆虐的日子,無損我和真公主玩樂的興致

#好的壞的日子都總要過啦 ☺

LuLu看世界☺

其實大人都只不過是長大了的小孩。

♡ ♤ ⊽

59,400 人都讚好

lucy.is.good

討厭大自己，現實逃避
#再一次一野揼自己出去 🔅

♡ Q ☐ ◁

59,098 人都讚好

lucy.is.good

有人說很喜歡Lu,覺得她很有童真。

　我想大概是因為,她媽沒有逼着她去成長吧!

順其自然地爬 (因為頭太重其實沒怎麼爬過囧)

企行說話戒片戒夜奶你學刷牙學着衫…等等,

　媽覺得時機對了,才會教她去做。

順其節奏,以戒片片為例,Lu是很遲才學戒片的,

但很快就學會了!有些人急着要小朋友去學懂

某些技能、某些事,我的想法是:到某個時候,

她覺得需要就自不然學懂。

　跟人生很像,每個人都有自己的步伐和節奏,

而真正好的人生,不慌、也不忙。

　　　　　　#媽媽的碎碎唸 ☺

228

♡ ◯ ▽

56,864 人都讚好

lucy.is.good　呢對耳環呢對高跟鞋再加埋呢個嗱⌒

老母差D提早心臟衰竭　#嘔

♡ ◯ ▽

87,217 人都讚好

lucy.is.good

She has a Blackpink dream 😊

84,823 人都讚好

lucy.is.good

呢位大姑奶坐得咁四正，係咪等緊賓客
同你敬酒先？ #四平八穩

lucy.is.good

回到我長大的地方，到處都是回憶 ♡♡♡

♡ ◯ ▽
90,222 人都讚好
lucy.is.good

最新一屆掃把星小姐

❤ 💬 ✈

42,009 人都讚好

lucy.is.good

老母眼中堪稱史上最恐怖嘅梳妝枱

235

♡ ◯ ◁

47,931 人都讚好

lucy.is.good 返到媽媽公司第一時間帶返個女神佔冠先

#自己招呼自己 #我唔客氣㗎啦

♡ ○ ◁

88,945 人都讚好

lucy.is.good

老母也有可愛哦時候😊 #老母也瘋狂

Lu: 我好傷心，因為我唔啱，
所以媽媽都好嬲媽好傷心。
而家我都一齊好傷心。

65,098 人都讚好

lucy.is.good

溫馨時光 #紮到老母個頭成pat屎咁
#老母著阿紮覺得靚㗎 #因為愛係盲目的 #haha

♡ ◯ ◁

38,982 人都讚好

lucy.is.good

嚟到媽媽公司，媽媽叫我千祈千祈x1000000

唔好幫手 #媽媽公司打躉 #越幫越忙呀喂

喜歡黏着媽媽,因媽媽是我最佳的玩具 ♡
#老母自己覺得個女好鍾意黐住自己
#其實老母都係自我感覺良好症候群重度患者

49,209 人都讚好

lucy.is.good

食得是food(福)

♡ ◯ ◁

77,085 人都讚好

lucy.is.good

每天努力地玩 / 條我嚟到小呢個世界

呃免其中一個特別任務 #玩轉李間屋🏠

♡ ◯ ▽

98,020 人都讚好

lucy.is.good

玩到興高采烈老母突然一聲令下要佢瞓覺

#聽到心聲 #吓

※有人恰眼瞓隻眼唔小心合埋畀老母見到※
LU:我頭先隻眼係黐住咗,唔係眼瞓⋯
可能係隻眼唔小心"打kick"咗!

245

戰績 #成功撩得 巨型鼻屎一粒

LuLu看世界
童真才是世界上最珍貴的事情♡

lucy.is.good

三歲已經深明做人嘅道理 😊

#有咩同我秘書(老母)講低得㗎喇

♡ ◯ ◁

45,121 人都讚好

lucy.is.good

難以理解姐姐設計嘅造型 ☺

♡ ◯ ◁

77,123 人都讚好

lucy.is.good

喂!生命係有希望㗎!俾返少少朝氣!

#一位唏噓嘅大叔

解籤處

♡ ◯ ▷

32,039 人都讚好

lucy.is.good

秋打勞part-time賺返D學費錢 $$$

#Lu大師 #簡稱Lu師

85,029 人都讚好
lucy.is.good

繼續懶情媽媽的故事。

好多時候，因為媽媽不想服侍女兒，

反而製造了很多學習新事物、新技能的機會。

"盡早給她才機會服侍自己"，每件小事都能做到小，

就是她逐步建立自信心的好機會。

Lu的自信就是媽媽願意放手讓她試的結果。

能為自己做點小事，願意自理並以此為榮、

有滿足感，誰不喜歡? #逐漸♡上自己

我有無條件的愛，但絕不溺愛。

♡ ♢ ✈

33,494 人都讚好
lucy.is.good

有一天，一位粉絲無情情衝上老母舖頭
贏"tart"，老母收tart，Lu突然鞠躬多謝，
老母呆左 #經典一幕 #見女兒咁有禮貌

#老母表示老懷安慰 ☺

♡ ♡ ▽

55,229 人都讚好
lucy.is.good

首次登上時尚雜誌做封面女郎 #我的驕傲

#係fashion雜誌 #唔係八卦雜誌 喔

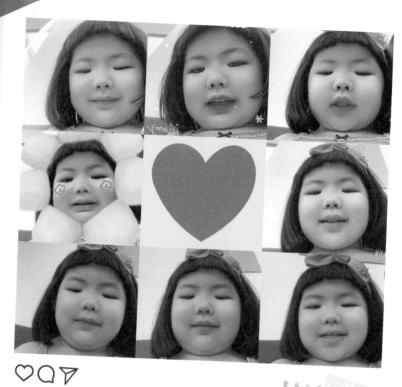

♡ ○ ▽

87,440 人都讚好
lucy.is.good

港#自拍十式 #全自信表現 #慎入!!!

＊有途人截停佢話要同佢影相

不幸途人A：LuLu我可唔可以同你影張相呀？

Lu：唔！可！以！

不幸途人A：吓？點解呀？

Lu：媽媽話呢…呢個世界唔係咩都有得解㗎！

♡ ○ ◁

56,001 人都讚好

lucy.is.good

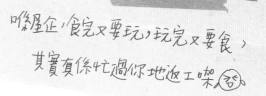

喺屋企，食完又要玩，玩完又要食，
其實真係忙過你地返工㗎

♡ ♩ ▷

87,494 人都讚好
lucy.is.good

小朋友天真的笑容,就真的只有從他們

身上才找到 🙂

♡ ◯ ✈

77,009 人都讚好

lucy.is.good

有一日同佢玩伏匿匿，佢話自己咁樣
已經係匿埋咗 #自己覺得係就係
#OK啦 #自己舒服就好子

LU:今日肥B哥哥嚟唔嚟我屋企?
母:你乖唔乖先?
LU:我乖㗎!我一定會幫佢開門⋯⋯

♡ ○ ▽

lucy.is.good

一個有肚腩同有雙下巴嘅廚師

煮嘅嘢食你一定好味D㗎

♡ ⚬ ⚪

88,011 人都讚好

lucy.is.good

意外嘅嘢真係好難佳避免，
右可能24小時人釘人戰術啫，
能做嘅唯有教曉佢好好保護自己，
唔係全天候保護佢嘅。
#玩到自炒落地下 #跌下足失下京尤大啦 ☺

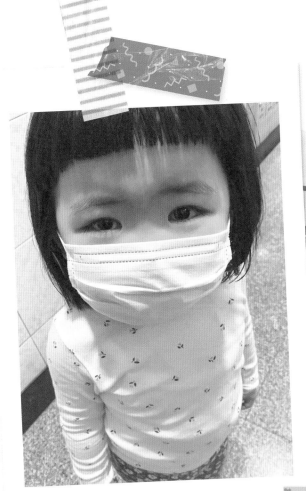

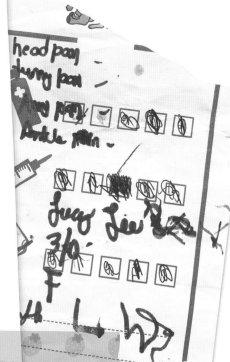

有一天俾老母整爛咗我個口罩，

要暫時帶住老母個二手口罩 (嘔☹)

我萬般心不甘情不願咁帶咗個口罩3秒

最終忍唔住爆喊。

#重口味 #頂入 #二手口水味 #正宗臭到喊

有一天老母去完廁所出嚟發現
Lu強迫緊隻牛睇佢跳Blackpink
#牛霍見眾 #唯一的支持者

傳說中的妹妹。因為會有細佬/妹，
我叫佢要學習照顧細佬/妹。
第一件事梗係幫手暗瞓覺啦！
　佢搣手就pat咗阿妹瞓係街邊⑥
#着肚子　#起碼比個咕喱佢瞓吓

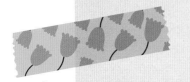

可能話是真的要説清楚一黑占。

淨係講咗話唔可以畫牆，佢竟然走去畫地下。

♡ ◯ ◁

40,029 人都讚好

lucy.is.good

模特兒示範返今季潮流最興嘅
頭胸腹同闊嘅標準身型 😊

♡ Q ◁
66,666 人都讚好
lucy.is.good

經典猛鬼實錄，必須記錄

269

LU：媽媽你知唔知爸爸都係姓李㗎！

李元元

2022/02/10 19:14:48

係Lu心目中，大雄可能係長期隊啤咗嘅狀態

#大雄也酗酒了分

♡ ○ ▽

83,331 人都讚好

lucy.is.good

相中呢呢1秒影住老母溫馨教女用遮,
下一秒呢我哋係差D俾架貨van撞Q死。
#孝女還教 #阿老母你行返上行人路先再講啦

♡ ◯ ◁

老母40歲大壽，為咗隆重其事，
佢帶咗我去迪士尼玩排隊，事後佢表示後悔。
#但係我好開心喎 😁

49,209 人都讚好

lucy.is.good

當時，老母喺我面前跳咗一系列好輕㗎嘅
舞蹈然後仲問我跳得好唔好睇

#whysoserious #眼神已死

♡ ◯ ▽

47,092 人都讚好

lucy.is.good

出去做嘢真係好開心!

除咗可以幫補家計,仲有好多哥哥姐姐陪玩!

#姐姐好似玩得仲開心過我 ☺

♡ ○ ▽

41,093 人都讚好

lucy.is.good

萬寧廣告造型測試,見到呢個造型
唯有勉強V手 #達摩頭襯旗袍.

86,330 人都讚好

lucy.is.good

擺pose扮Q呢D真係太簡單了！

可摸耳俾D高難度小小呢嘢我做呀

#天生是model

2022/09/17 19:59:12

2022/09/28 22:32:32

LuLu看世界
不想長大，因為童心令人快樂！

♡ ◯ ◀

44,201 人都讚好

lucy.is.good

一直以嚟，醜化自己嘅元凶，就係佢自己。

媽媽點解我哋成日要諗嘢呢兜？

♡ ◯ ▽

84,000 人都讚好
lucy.is.good

第一次着冬季校服條頸已經係條扣唔埋全鈕，

但都完全打擊唔到我股自信！

281

♡ ○ ◁

55,033 人都讚好

lucy.is.good

呢位醫生笑容咁親切，做病人嘅
都想 keep 住病啦！ #頂帽緊到

♡ Q ⧩

87,222 人都讚好

lucy.is.good

相信每個女孩子都必經髮住辮瞓覺嘅階段

#第一次見自己curlyhair #超開心

♡ ⚬ ◁

lucy.is.good

喺屋企食飯都要穿金戴銀招招積積。
#個樣招積到想打鑊佢

見到你咁專心落單,唔知有冇菜心精(drink)呢?

♡ ◯ ◁ ▷

59,889 人都讚好

lucy.is.good

小朋友真係好簡單，
full gear 上陣就已經好開心、
以為自己已經登上大舞台

帶完佢去SOGO行超級市場，
落咗車之後，佢企咗喺度，抬高頭同我講：
"媽媽我覺得咁樣(去街)真係好開心!"

lucy.is.good

唔鍾意自己個冬菇頭咩?
偷偷地剪自己D頭髮 #嬲到1個老母 #火

♡ ◯ ▽

57,399 人都讚好
lucy.is.good

若干月之後，本人開心·表示自己仲着得落
呢套mermaid衫，仲話自己瘦咗 (呑)

♡ ◯ ◁

59,234 人都讚好

lucy.is.good

個位 set 得咁正，應該都係睇緊另長天貝武。

♡ ◯ ◁

87,239 人都讚好

lucy.is.good

公主崩壞

♡ ◯ ✈

59,400 人都讚好

lucy.is.good

This is the Lee family #FAMILEE♡

米吹頭中米
母：BB你知唔知爸爸就快要返大陸做嘢．
又要好耐先返嚟啦！
Lu：（突然靜咗）
米然後吹完頭米
Lu：媽媽頭先呢其實我有少少喊呀！
我聽到爸爸會好耐先返，
宜家（其實意思係走咗之後）
我會有好多掛住佢㗎……

293

♡ ♡ ▷

66,367 人都讚好

lucy.is.good

話晒自己本書,我都有份幫手創作㗎♡

féi

肥

fat

♡ ♀ ⬝ ✈

88,398 人都讚好

lucy.is.good

最後,亦都想講吓今次出書嘅主要目的,
係因為IG唔比我寫個「肥」字,所以,
我決定要出呢本書,我要報仇!
我要瘋狂咁係呢度寫個肥字!!!#復仇記
#肥肥肥肥肥肥肥肥肥肥肥肥肥肥
肥肥肥肥肥肥肥肥肥肥肥肥肥
肥肥肥肥肥肥肥肥肥肥肥肥肥

記錄女兒的生活日常，
無聊分享到網上。
自己做過的這些小事，
竟能被你們想起，
覺得很是溫暖.

謝謝您們讓我聽見♥

merry xmas to Lu's family 🥺😭
🎄 🐢

8:48 PM

Lu媽，多謝你，本應今午心情不佳，婆婆病危，但電話突然彈出lu post，真係良藥，欣賞你所有：性格、處事、身教，如果世界上多D你這種人，就沒有咁多負L量負人負事，請你和lulu好好繼續cheer us up 😂😂 love u guys! 🤍🖤

OCT 1, 2019

lulu，我係妳嘅fans，超級喜歡妳，因為妳善良可愛幽默美麗機靈，謝謝妳同妳媽媽的lovely posts，帶給好多人歡樂。今日睇到妳嘅post下面有好多unpleasant嘅comment，可能會帶給妳困擾，其實是一種情緒勒索。妳要記得differentiation喔，其他人點樣都不會影響到妳，妳可以一直做自己，希望妳長大遇到的都是善良的人，不被這個世界改變妳最初的想法。我們控制不到外面的世界，但是可以控制自己的mind，自己的behavior 🤍🤍🤍 love you

thank you erin for ur kind words, 放心，we will be back really soon !
愛你喔 🤍🤍🤍

🤍

lucy.is.good 真係好乞人憎😊

Lucy lucy, I've had very bad day.. but when I saw your post, it literally made me smiled :') ur really the happy pill! Thanks

🖤 🖤 🖤

🖤

5:16 PM

你好啊 Lucy媽咪，同埋 Lucy，我有追開你哋ig，Lucy真係好可愛。其實一直以來都有好大壓力，呢幾日情緒都有啲波動，頭先瞓晏覺，我喺夢入面大發脾氣，件事係同我現實生活中有關。係最嬲嘅時候，竟然發夢見到Lucy喺我面前唱歌，我就冷靜左。我感覺到好神奇，所以想send msg嚟多謝你哋。多謝 Lucy🍀🌸

☺️ 🖤

Thank you so much🖤感謝你們一家的 心靈雞湯
🤍

MAY 8, 2020

no thx la just happy sharing :)

JAN 13, 5:36 PM

LuLu 發光發亮🌟 滿滿正能量🍃感激老母🔥 不屈不撓💪

JAN 13, 5:28 PM

想講啲好老土嘅野唔敢留言~
識到 Lucy 係我的福氣🍀 (有誇張)
每日睇佢真係好開心，你唔會想像到我同我媽每日嘅對話都係圍繞住lucy
我哋會鬧你㗎，就係當你收埋個女出post個陣！！(俾啲壓力你先🤣🤣)
希望可以有日見到面😭😭 🖤

4:35 PM

多謝你阿元元 我已經有8個月冇笑過啦 有日ig顯示左你所以撳入去睇 好有意思阿你🤣 一路睇一路笑 由第一張睇到尾🤣🤣 btw thank u 🤣🤣🖤🖤🖤

lucy.is.good 面對各式各樣的負評，偶爾會有人問我，為什麼不為自己解釋一[...]

Lu 媽，支持您的理念！十分感謝您和lulu 帶給我滿滿的快樂，是我的心靈雞湯！每當我覺得失意的時候孤單寂寞的時候，只要無限loop lulu的照片和影片就會變得心情好一點！

再次感謝您提供大家的正能量，分享lulu 的滴點！🤍🤍

JAN 13, 4:24 PM

So true
Lulu brings a lot of happiness to me ! Thank you !

lucy.is.good 昨天收到我姐傳給我的一則感動訊息😭又想碎碎唸一下。雖然無[...]

甚麼人睇到甚麼東西，你哋一家都好善良，唔好比呢啲無意義的網絡言語打倒呀！加油💪

成日除左想睇Lu，其實都想睇李老母😂（想李老母係客套說話唔好當真😅）我都有個女仔，同lucy相差幾日大，睇住Lu係好似睇住自己個女咁。

生活同呢個社會已太多負能量，但有你們，好幸福🥹

記住唔好被打敗呀李老母！
Lucy Auntie love uuu🤍

YESTERDAY 11:54 PM

Sophia，我想同妳講聲多謝，我太太尼幾年日日睇 Lucy IG，由我一眼都唔睇，到熟到我依家差唔多背得出妳尼幾年每一個post，(因為太太成日扮妳同Lucy)，我有時見到佢好唔開心時自己拎Lucy個IG出來睇到笑返，我都覺得放鬆返，大家都如妳成日因為要Lucy出鏡而被人話，我想講妳尼個IG應該救左好多香港人嘅命，遠遠不只是一個普通IG page。Thank you very much.

😂😂 唔使咁客氣啦!其實我都係覺得我個女有啲野好騎呢好搞笑，想分享下，自己又好enjoy邦佢作作對白呢一part😂，先成就左呢件事！大家笑下咁囉😂

好多時下午忙煩死的時候見到你 po 佢嘅 story 笑番多謝你。你睇真係有福的。

你嘅存在就係閒下出吓氣囉😌

😂😂😂

你呢番說話令我覺得更加通透😌

由 Lu 幾個月大追到而家，好似道友強咁每日都想見 Lu😆（癡漢 mode 睇住 Lu😆（癡漢
情傷傷心到飯都食唔落，瞬間跌磅 1x磅日日喪喊，係 Lu 氹番我開心帶我動力重新企起身，Lu係我心中好好好重要❓ 你陪住我地帶歡樂比我地，姨姨們都陪你健康快樂長大🥹🥹🥹

Hi Lulu Mama, I would like to say a big thank you to you and Lulu coz I had a real bad day yesterday at work. Before I went to bed I watched some Lulu's videos and OMG Lulu appeared in my dream and we were enjoying mango pudding and selfie at Hong Kong Jockey Club (so random 😂). Thank you for bringing Lulu to this world, she's amazing! Her positive vibes touch my and I am sure everybody's heart. Thank you so much!! 🤍

4:33 PM

😊😊😊

Lulu, EE 真係好鍾意見到您，有時喺公司做嘢做到發痴線，打開 IG，望下你，又會笑返😊🤍🤍 lulu 係我地嘅憂草🤍🤍🤍

7:49 PM

That's right!!! Thank you Lucy and your beautiful mom. Sending love from Toronto 🤍

7:47 PM

🖤🖤🖤 sending u love back from HK!

我每朝番工都會再睇番lulu 嘅post 令頹廢嘅自己打打氣。如果放工見唔到lulu 新post，我會問老公lulu 係咪無post？簡直唔相信自己對眼😭😭😭lulu 真係好緊要嘅！！！🤍🤍🤍

我真係好中意 lucy，每次見到佢都好正能量真係會好開心，我病左好幾日，到今日真係 +ve，訓覺都訓到無日無夜咁，一開 ig 見到，真係由心笑出來, 多謝 Lucy BB 😊

11:48 PM

唔使客氣，我哋係出嚟搞下氣氛嘅啫

Hello Lu (Princess) & Lu媽，
我一向都有 panic attack 嘅問題 一向被告知解決方法係深呼吸 5-10 下 等嗰感覺慢慢消失
前幾日又發作 (其實呢幾日都有)，但係嗰時我睇緊 IG 咁啱又見到你哋有 post，睇吓 Princess 睇吓內文就冇咗 panic attack 嗰種辛苦 呢幾日我都係用呢個方法解決 你哋嗰種正能量真係好好 多謝你哋 我都要努力學吓
希望 Princess 同 Lu 媽都開開心心

我兩年幾前失戀開始 follow lucy，每次睇見佢無論開唔開心都會笑返😆 lucy is great ar!!!!

7:45 PM

😆😆😆

lucy 能治百病

Dear Lulu's mommy
你好，我是 Lulu 的台灣粉絲，已經 follow 你們很久。
我是個焦慮及憂鬱症患者，長期服用精神藥物。

謝謝你分享可愛的 Lulu 日常，Lulu 是我最喜歡的小朋友，看到可愛的 Lulu 我總能發自內心的笑。

除了 Lulu 以外，我也好喜歡幽默風趣的李老母！希望你不要受到輿論影響，繼續做你開心的事，分享 Lulu 的可愛片段。

謝謝你，衷心祝福你孕期舒適、平安順利。
❤

11:08 AM

絕對不會，放心。比佢話下鬧下，能夠令佢哋覺得開心左舒暢咗，呢個可能仲係我嘅福報黎添😝

Princess Lucy 😊, what a surprise to see you on live last night, aunty Vic had a stressful week at work and seeing your lovely face and beautiful smile always make me feel a lot better, you are our fuel 🔋 and therapy.

7:49 PM

每日想念元元

9:52 PM

真系好多謝元元 每次唔開心睇到佢d視频开心晒 😊😊 love you so much Lucy 快高长大

🩶🩶🩶

Lucy is a happy pill. Love watching her commercials especially the one with his dad.

感恩有这么可可爱爱的 Lulu 在这世界上。每当负能量来袭，我就会看她照片，心情莫名疗愈起来，Lucy 一定要平平安安 健健康康 快快乐乐 长大哦😊

真的，多謝你同 Lucy，令驚恐同抑鬱症既我有一絲開心同溫暖，Lucy 係我每日開心的來源😊😊 有 Lucy，世界令得純潔又美好😊

7:42 PM

你都要加油呀

I totally agreed with everyone here. It was a down period when covid strike Singapore badly 2 years ago. We were not allow to go out,my mum was not well & I lost my job.everything was so depressing.but every time after seeing Lucy videos/photos with the funny captions you added,it helps to brighten up my days! thank you Lucy and hope she continues to bring happiness to everyone! 😊

7:45 PM

🩶🩶🩶

元元媽媽，你好! 我好喜歡看 Lucy 的 Instagram。Lucy 好可愛，好盡鬼。加上你搞笑的 caption，我真是每次都笑不停。最近 37 歲懷緊第一胎，有時候晚上會胡思亂想，到好徬徨的時候，就會看 Lucy 的 Instagram，當場所有的煩惱和緊張就會慢慢離我而去。就會覺得一切都會好起來，好快我就會有一個好似 Lucy 這樣可愛，聽話，和正能量的 BB。所以在此多謝你，多謝 Lucy。Best wishes to you and Lucy 😊

媽媽加油 🤍🤍🤍

298

2:26 PM

Lu媽，多謝你同 Lucy. 過往我每一次好灰心好 down Lucy 都不期然令我笑返。近排我同先生等咗咗 5 年終於等到呢個新生命來臨，有咗嗰刻我真係好開心到唔識形容，以為係一啲唔屬於我地嘅野真係會發生. The best is yet to come.

但係係我宜家懷孕 23 週發現佢 DNA 出咗問題，好有機會心臟或其他問題會發生，而且會跟佢一生。我同先生決定人工流產，唔想俾任何日後嘅痛苦。

呢個時候見到你同 lucy 都依然令我笑返。真係唔知你地有咩神奇魔力。

我星期二就做人工流產喇…… 我能否有個請求，你地呢一兩個禮拜可以多 post 野分享你地無聊日常嗎？

1:44 AM

Replied to your story

Only you can see this

有 Lulu 同 Lu 媽唔使失落、失衡、失眠、只有笑到失控，李米失聯呵 please 🤭 都要多謝李生古靈精怪的傳承 🖤

Nitenite lulu 😴

FRI 8:41 PM

真係要多謝 lulu 和你，我長期瞓得差，食半粒安眠藥，都好難得著，你出咗個 lulu 講個小女帽、三隻豬豬那個 bedtime story 的 post，我呢幾日聽住瞓，正到不得之了，聽完，好容易就瞓到，lulu 把聲正到有冇朋友 😌👍😌 thank you 🙏🙏🙏

其實 Lulu 發生咩事，令堂佢中左公主毒🥺

9:56 PM

Replied to your story

Ur comment and ur tags always make my day ..thanks Lulu ma 🥺

Lu媽，我好想同你講，當我有時好唔開心，我會 re-play Lucy d 片，睇完真係人都開心 d，會笑番。

幫我多謝肥 lu pls🤭 也多謝 lu 媽你 🖤 🖤

8:25 PM

不用客氣啦！just happy sharing ;)

😊 Lucy 的事都是我們的事

😊 Tell Lulu I love her 🖤😌 每日都係等佢 (你) post

😊 我好少咁主動，Lulu 改變了我

靚 lu 媽🥰 我今日生日呀，lulu 可以同我講聲生日快樂嗎😌😌😌

我呢 1 年半，冇左媽媽😌 連 bb 都冇埋😔 人大左，對面失去 真係好痛苦😔 我都係睇 lulu 跳下舞 聽下聽唔明佢唱咩既歌 黎娛樂下自己😌 人有時學下放空，自己都舒服 d 😌 多謝你同 lulu 帶黎既歡樂 😊

謝謝 Lucy 帶給我滿滿的快樂

妳一定是個有福氣的好孩子 年紀輕輕就已經有能力帶快樂給那麼多的人！！！我也希望妳越大越快樂 幸福！

Lucy, 可唔可以幫我問下媽媽呢隻好嘢孕媽媽用唔用得架😊

6:17 AM

Lucy 媽媽, 唔知你仲記唔記得我, 2020年我嘅小天使係8週時候離開左我, 嗰陣時好傷心, 同你傾左幾句, 多謝你鼓勵我。早兩日, 我嘅小天使終於返嚟我身邊啦😊昨天出院回到了家了, 新手媽媽回家嘅第一日, 真係好緊張, 跟住壞壞嘅荷爾蒙仲無啦啦令我喊起上嚟, 我哋frd仲話坐月期間喊會富, 嚇到我笑一笑😊不過見到女女個樣我又振作起來, 希望快啲上手同上奶！Lucy 媽媽, 你係點保持好心情架, 我由 Lucy 幾個月開始就follow 佢, 日日你都開開心心, 好正能量, 我要向你取經至得😊

Lucy 媽, 唔好俾某些人影響到, 有啲人本來就戴咗有色眼鏡睇嘢, 所以唔好唔開心！！多謝 Lucy 嘅相同你的配字, 令我每次睇到都好快樂。

Morning Lu媽 and Lucy 見到 account 拎返好開心好興奮呀 又可以見到你哋互動💪加油啊 唔好理人點睇💪💪平時有壓力睇到佢哋就覺得輕鬆晒😊💪💛

3:08 AM

可愛又笑口常開嘅 Lu Lu, 自從可以follow 你之後就不能自拔🥰😆！
我一有唔開心或者心煩, 睇完 Lu Lu 的短片（歌舞笑片先啱😆）心情真係好好多, 衷心感謝 Lu Lu 同李老母

Lu Lu 真係一個心地善良但係存在小小為食、美麗可愛動、勁得意而且好乖又聽話孝順父母、充滿活力為身邊嘅人帶來開心快樂的小天使😊

真心多謝李老母 manage 依個 account, 睇完真係心情開朗, 當然亦要多謝李元元帶咁多歡樂比我哋。

11:39 AM

別客氣🤍
祝每天身心舒暢😊

LuluMom, 感謝妳同我哋分享 Lulu 嘅成長過程😊 好喜歡妳哋一家人啊嘅小朋友, you are such a power mom 🥰💪 Love 🤍, from Malaysia 🇲🇾

🤍🤍🤍 thank you dear

jessicaleung611 Lucy 媽 Lucy 加油
4h Reply Message Send See translation

kayee9532 Lu媽加油
4h Reply Message Send See translation

edna_yqkom Support 🥰
#萬大事有 Lu 粉❓
#Lu粉無處不在❤幸福
4h 2 likes Reply Message Send See tran...

rebacca_yeung 李老母, 記住真實香港仲有我私屬嘅言論自由㗎😆D人有幽默感啫...唔駛理佢哋...我因牌的都話詠搞笑😊😆有, 我就每次睇緊妳嘅post都覺得妳好鬼抵死😆👍幽默感, 講真...我以前鍾意李老豆, 而家妳點解會嫁比佢呃...不過每個都有唔同嘅優點, 妳合眼緣所以咪生吃個呃鬼趣緻可愛又精靈嘅Lucy Baby😊😆💛💛💛💛💛
4h Reply Message Send See translation

super_07274 永远相信李老母和「演元」, 没有人比你更爱妃豬包💛💛💛
4h 4 likes Reply Message Send See tran...

banny_555 👐👐
4h 1 like Reply Send See...

最近中咗 COVID, 喺屋企隔離嘅時候好悶, 有時都會 loop 返 Lucy 啲 post 笑下, 又開心返晒啦……😊

thats great!

見到佢喊我都有啲眼濕, 唔諗以為李老母聽日比人捉😢😢😢

1:01 AM

haha relax 😆

😆難得你睇到我 message!! 🤍 多謝你生左 lucy 呢粒肥豬包, 帶左好多歡樂🥰💕 我成日同人講, 我其中一個願望係係見到 lulu 一次, 然後同 princess lucy 影返張相❓怪姐姐真係好變態😆🤍

早啲休息！

早啲休息！

Lu 媽❤
我係 Bonnie 吖！
媽媽的抑鬱症病情❓好轉而情況都 stable 落嚟🙏🙏

呢1️⃣兩日知道
Lucy is good 唔見咗❓
我都好擔心呀……
不過我最想同你講1️⃣句
你同2️⃣個都係
好 warm 嘅母女🥰🥰🥰
人哋講咩都唔緊要
我哋自己知自己
做緊咩就得🐷啦！
All the way Support 你哋🌈

多謝🙏Lu 媽
對素未謀面嘅我嘅
關心🤍同支持🙏

很愛妳們🐷的小 Fans
Bonnie 🙈
期望🧚1️⃣日喺街上遇見妳哋

👐我之前病做手術同治療需要兩個幾月, 好彩有 Lulu 個 IG 我先可以勇敢渡過, thanks

Add to your story

4:51 PM

hahaha i will 搓 my breast 😆😆

Hello Lucy 媽媽，我係想同你同埋 Lucy 講聲多謝，我今年係中一生，去咗一間我好陌生嘅學校，我好掛住我以前嘅同學，老師，我喺我間中學識唔到朋友，因為佢哋個個都成班班一齊玩，佢哋喺中學時就已經識大家，所以我好唔開心，但只要我每次睇完 Lucy 嘅片，我成個人都開心晒，多謝你，多謝 Lucy 🤍

thank you lucy for coming out today!
my father just pass away today, and seeing you help me to release my sadness and emotion

2:15 AM

😢😢😢 sorry to hear but i believe ur father has been to a better place

🖤🖤🖤

sending u a lot of love

喺我返工返到好劫好忙好想喊 見到 Lucy 就覺得世界其實重係好美好

我媽咪都係準備入醫院
做一個好大嘅手術
每次見到 Lucy 我咩煩惱都無曬 🥹

LULU 真係太陽寶寶

唔使喊

每次看見 lulu，無論我幾 sad，都會變得開心翻。lulu=開心果

👏

happiness is key to life!

我同媽咪一齊睇 Lucy，Lucy 拉近返我同媽媽嘅距離 🤍🤍利申，媽媽68,我 29,呢 d 年紀溝通明明有少少樽頸，但係我哋一齊睇 Lucy 又會笑返 😊😊

lucy 可以減少代溝😂😂😂

一向都係，三年前都是靠 lu lu 撐到而家 👍👍 要繼續 post 無聊野呀

Lulu 真係好得意 原本呢排好頹但睇完你地啲相個人放鬆咗好多 睇到你地嘅相真係會笑架 由心而發咁笑！多謝你地 希望 lulu 可以永遠都做自己 😊🤍

5:11 PM

🖤🖤🖤

Whenever saw Lucy can comfort my heart. Within two months lost my sister & mum. Thanks Lucy around. Thank you.

真的真的很感謝每次 Lucy 帶來的快樂，我電腦桌面就是 Lucy 有趣的照片，每次看到就會笑一次，有益身心健康～

絕對同意你們充滿正能量，我之前轉左新工，很不開心，全靠 lulu 片，我先可以捱過。無左你們就不得知了。🙏

You are like a friend we met not so long ago (4 years) but able to click well. We can joke with you and you can joke with us. And we want the best for your family.

真係 每次心情唔好嘅時候 睇下 Lucy 会開心返好多 😌

感謝 Lucy 喺我曾經好迷失、好難過嘅時候為我帶來歡樂！係佢教識我「笑下笑下就過㗎喇」多謝你哋一家嘅正能量！🤍
將來佢大個女都為自己感到驕傲

一定會！

我尋日都本來好唔開心，睇到 Lucy 個 post 即刻笑左陣… 多謝晒你哋

Lu 媽，休息下先！
Always 十卜 you and your family！

Always！

Always = 永遠

5:10 PM

haha thank you!

and we are back!

🖤🖤🖤

我產後差啲嘅抑鬱都係睇 Lucy 笑返
🤍🖤🖤

好多時下午忙煩死的時候見到你 po 佢啲 story 笑番多謝你。你哋真係有福的。

追住影園園逼做網紅
李璨琛妻捆轟
「當個女搖錢樹」

老母一個不小心就上了個C1頭條，
 從此也就成名了，哈哈哈!!
 進娛樂圈再也不是夢 ☺

302

感謝你們的耐心把這本書都好好看完。不經不覺，希望你們會喜歡這本驚世傑作。不經不覺，寫著寫著，這本 luy.is.good 的網上日記已寫了四年多！每一個 post 都是屬於我的一個回憶、一個創作。就像有些人會透過作曲、作詞、唱歌去抒發自己的情感，我想，maintain 這個 account 大概也是同樣道理吧！很多時候，我甚至乎會因為自己想出了極度無聊抵死的點子而偷笑！更難得的是有你們這班調皮的讀者成就了這一切一切，是我們之間既微妙又珍貴的緣份。當然也要謝謝那些不喜歡我的人，不斷地強大著我的心臟和胸襟。說不上什麼生命影響生命的偉大情操，但我很希望用我的故事去告訴大家：無論你做什麼、怎麼做，都會出現一大堆與你生活無關、肆意為你人生加上一些不負責任的註解的人，去左右你的人生！所以，面對這一切一切，沒關係吧！只要你有夠享受並樂在其中，事情所帶來的熱度和快樂必定能蓋過一切黑暗。

303

人生，無論快樂與不幸，都緊記不要用他人的聲音來決定自己的價值，而是要勇敢相信自己的力量，為自己的人生下定義。終歸人生都是自己的，不是嗎？

最後，10年、20年後的Lucy您，如果有幸能翻閱這本書，願您都能感受到我這一刻的喜悅和無比的愛。

♡媽媽 Sophia字.
23.6.2022.
12:03PM

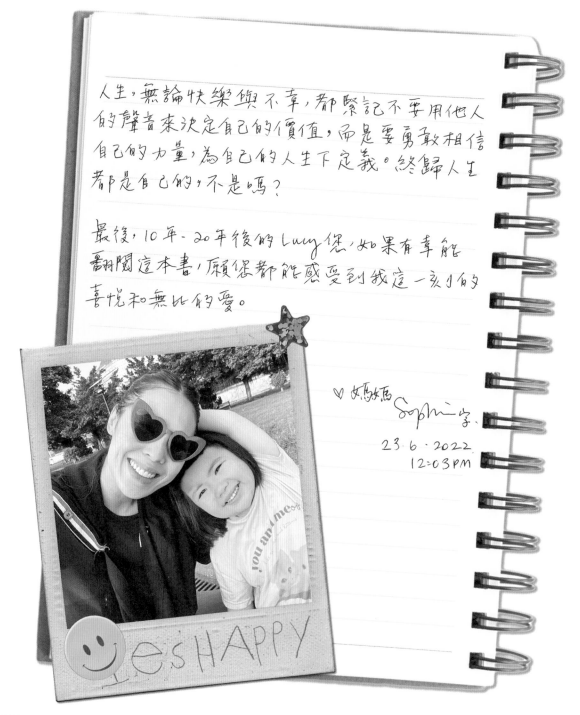

李元元

很多人說我利用你去賺錢,有人更說我是無恥至極。
我認為,
到現在我還站在這裡跟大家說更多的話,
是我的勇敢!

305

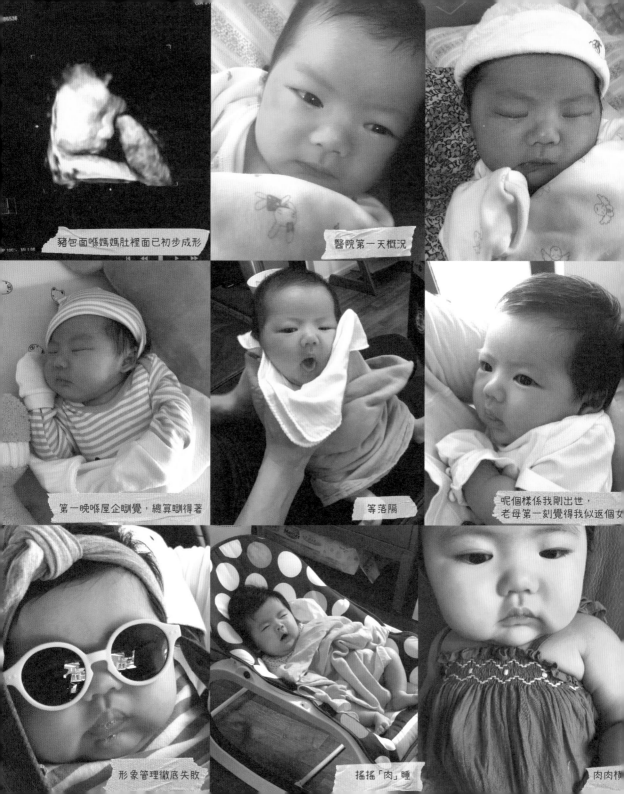

豬包面喺媽媽肚裡面已初步成形

醫院第一天概況

第一晚喺屋企瞓覺，總算瞓得著

等落隔

呢個樣係我剛出世，老母第一刻覺得我似返個女

形象管理徹底失敗

搖搖「肉」睡

肉肉棧

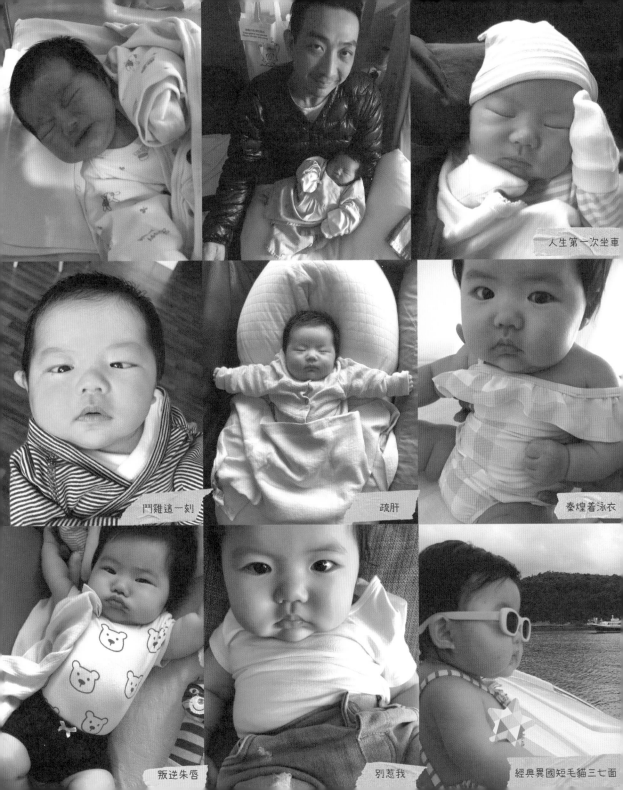

人生第一次坐車

鬥雞這一刻　　　疏肝　　　秦煌着泳衣

叛逆朱唇　　　別惹我　　　經典異國短毛貓三七面

條頸有吩呧

20180CT5媽媽第一次幫我剪髮

另一經典，BO

i ♥ milk milk

Lucy也瘋狂

靴面媽

剪大俠

回魂夜偷食完雞脾咁嘅樣

我和婆

青蛙啲手腳咁長，好妒忌想咬死佢

獻住瞓瞓住獻

靚女樣

喺我出世無耐，狗狗就走了

出街吸收咗日月嘅精華，便便都暢通咗

元元是圓

老母表示好掛住我細個咁型嘅時刻，而家已經被公主裙染污咗

點解人得兩隻手咁少？

和好朋友在一起，就是要藕纏
#BFF

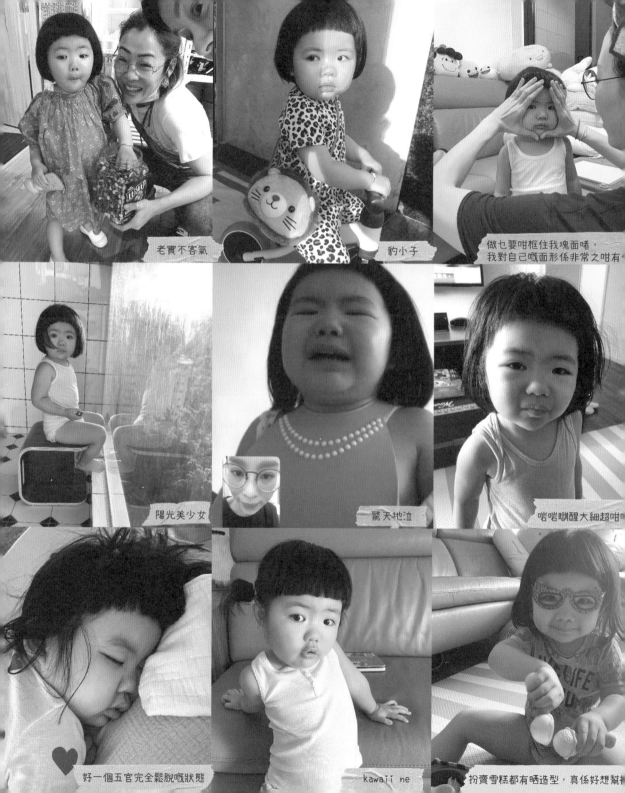

老實不客氣

豹小子

做乜要咁框住我塊面啫，
我對自己嘅面形係非常之咁有...

陽光美少女

驚天地泣

嗒嗒瞓醒大細超咁...

好一個五官完全鬆脫嘅狀態

kawaji ne

扮賣雪糕都有晒造型，真係好想幫襯...

樣衰無極限

八婆樣，就係咁㗎喇

落緊order教大家拯救世人

鴨脷洲邨 #昌明書局

BB車菊紅

hello sweetie顧名思義就梗係講緊我啦

今次張相終於見到婆婆個眼珠喇

happy bubble bath time

波一樣的奇女子

LU係真心喜歡撩鼻屎

經典大包面，必須再次出場

她，從來都不會待薄自

我是媽媽的真人版紙公仔

睡寶寶

請問塊面有冇因為咁樣而顯瘦

食物，一直都係我最大嘅敵人

我的御用理髮師

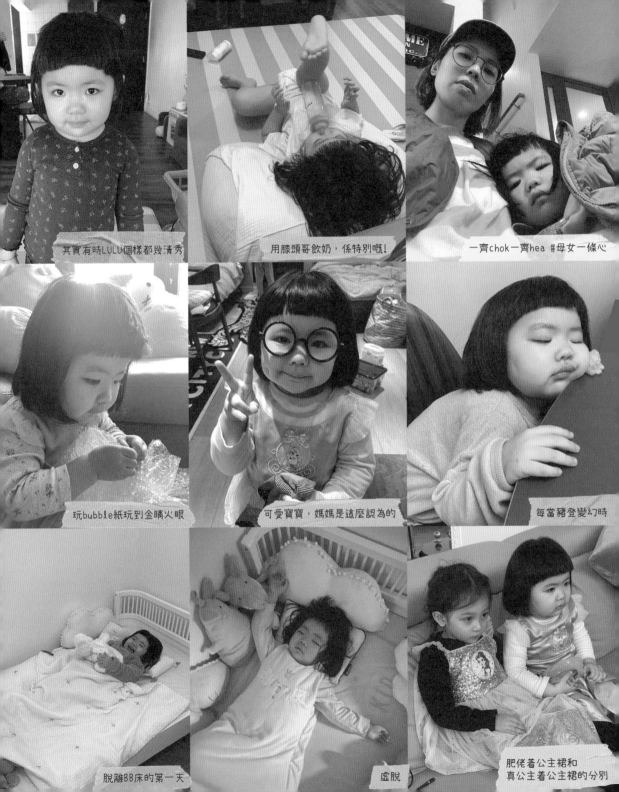

其實有時LULU個樣都幾清秀

用膝頭哥飲奶，係特別嘅!

一齊chok一齊hea #母女一條心

玩bubble紙玩到金睛火眼

可愛寶寶，媽媽是這麼認為的

每當豬登變幻時

脫離BB床的第一天

虛脫

肥佬着公主裙和
真公主着公主裙的分別

俾人宰割（剪頭髮）之前，撩返個鼻屎先

我覺得自己真係好靚喎

和媽媽拍拖的指定動作
#食軟雪糕雪糕雪糕

冇蔭嘅Lucy #原來都OK喎

媽媽公司打躉 #正宗愈幫愈忙

修甲初體驗 #oncall36小時

四表兄弟姊妹 #各自各精彩

So much love #allyouneedislove

食嘢都要有造型

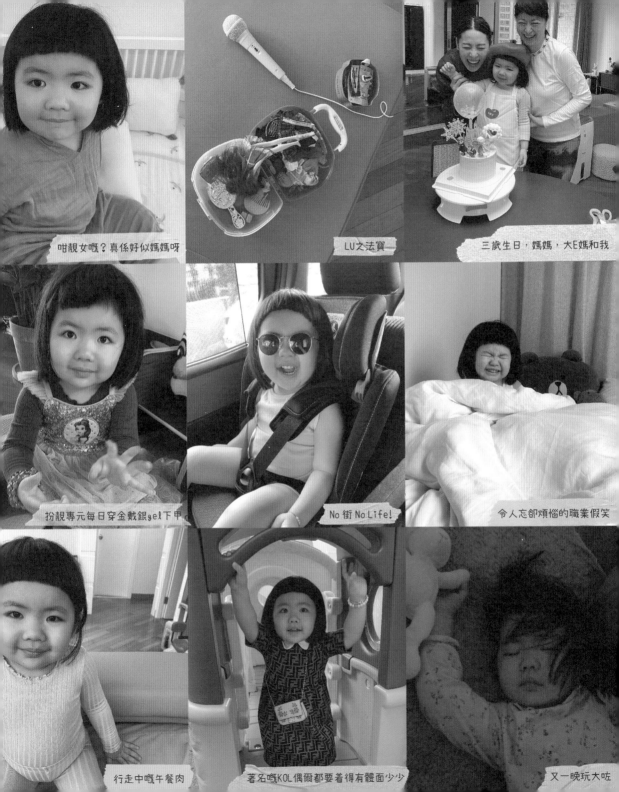

咁靚女嘅？真係好似媽媽呀

LU之法寶

三歲生日，媽媽，大E媽和我

扮靚專元每日穿金戴銀gel下甲

No 街 No Life!

令人忘卻煩惱的職業假笑

行走中嘅午餐肉

著名嘅KOL偶爾都要着得有體面少少

又一晚玩大咗

lucy is sweet

雨隻開心嘅潮州打冷墨魚

人

my sleeping buddies #缺一不可

Lucy's cookies!

家陣

又有Job搵我

發燒了

為食無

老母40歲大壽，帶咗我去迪士尼玩排隊

女大女世界，變咗大嘴怪

工作fitting優雅照

包餃掂

痴孖根造型

醫生與李

偶包係乜嘢

爸爸愛我，我愛爸爸

願一顆喜樂的心，
永遠與您們同在 ♡

AND
LUCY♥李元元

露西的微笑

Published in Hong Kong, China 2023, Sixth Edition

Copyright © Sophia Leung 2023
Publication © WE Press Company Limited 2023

Author : Sophia Leung
IG : lucy.is.good
Design & Art Direction : Mat. W., Sophia Leung and Katherine Kwok
Cover Design : Sophia Leung
Cover Photography : Woody Lau
IG : woodylaulau
Managing Editor : Jenny Fung

Published by Ada Wang
WE Press Company Limited

香港人出版有限公司
14/F, Greatmany Centre, 109–115 Queen's Road East, Wan Chai, Hong Kong

Online Shop : we-press.com
Email : info@we-press.com
FB : wepresshk
IG : we_press

WE PRESS
香港人出版